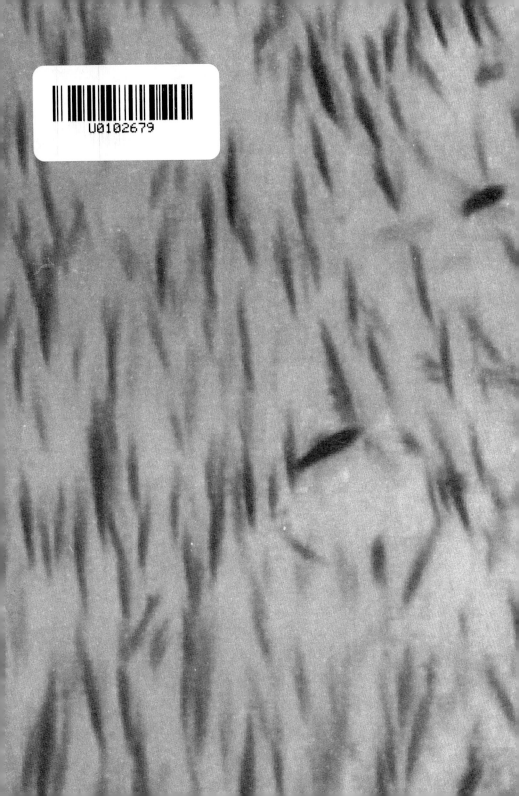

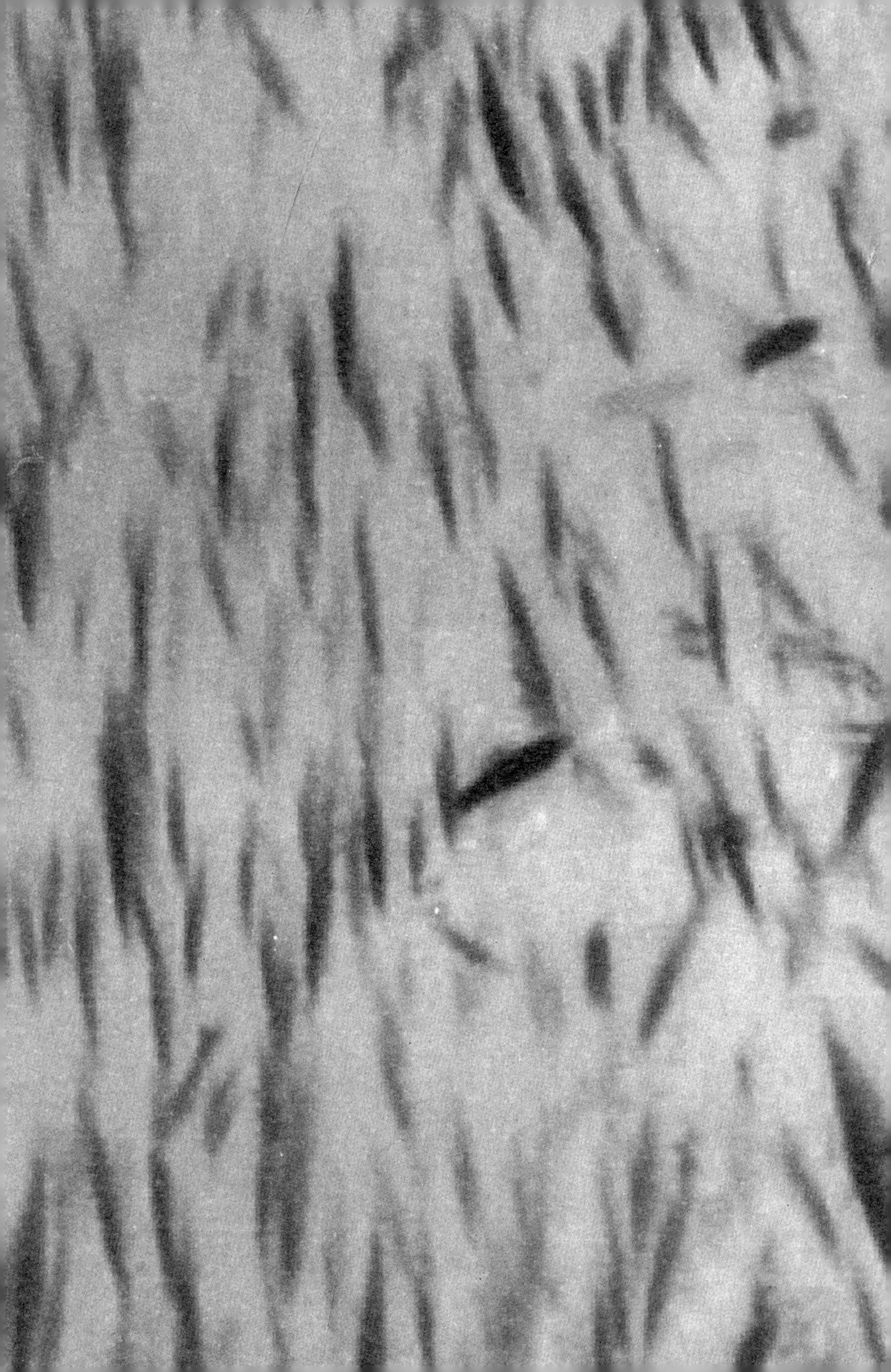

永遠的梭魚

巴斯卡・胡特爾——著

林心如——譯

BARRACUDA FOR EVER

Pascal Ruter

獻給蜜雪爾・莫侯，如果沒有她，這些頁面將永遠不會成為一部小說。致上我熱忱的謝意。

01

我的祖父拿破崙在八十五歲那年下定決心徹底改變人生。於是，他帶著我的祖母約瑟芬[1]上了法庭。既然她從來都不知道如何拒絕他，於是她任憑祖父這麼做。

他們在秋季的第一天離婚了。

「我想重新展開新的人生，」他對負責審判的法官說。

「您有權這麼做，」法官回答。

我們——爸媽和我——陪著他們直到法庭。我爸爸希望拿破崙在最後一刻打消念頭，但是我很清楚爸爸錯了：畢竟我的祖父從不改變主意。

我祖母約瑟芬哭個不停。我挽著她的手臂，並且遞紙巾給她，它們在幾秒之內就被淚水浸濕了。

1 歷史上，法國君主拿破崙的第一任妻子名字也是約瑟芬。

「謝謝你，親愛的李歐納，」她說。「這個拿破崙眞是隻倔強的駱駝[2]，他還是這麼不講理！」

她擤著鼻涕、嘆著氣，嘴唇顯現出很溫順、寬容的微笑。

「算了，」她繼續說，「如果這頭駱駝的想法就是這樣。」

我祖父人如其名。在法庭的階梯上，他手插在嶄新的白色長褲口袋裡，顯現出猶如剛征服一座王國的人的驕傲和尊榮氣派。他以滿足而傲慢的眼光環視街道和路人。

我很崇拜他。我覺得生命含藏著許多祕密，而我祖父全都知道。

當時正値初秋，氣候溫和而潮濕。約瑟芬顫抖著，並且把大衣的領子豎起來。

「我們要爲此慶祝！」拿破崙如此宣告。

爸爸和媽媽並不同意，而約瑟芬更不苟同，於是我們就只是朝著地鐵站走去。

「你不想吃香草冰淇淋嗎？」拿破崙在街旁的一個路邊攤前問我。

他遞了一張鈔票給那個年輕的小販。

「兩個冰淇淋，一個給我、另一個給我的可可。加上香緹鮮奶油？好啊。嗯，香緹鮮奶油好嗎，可可？」

他向我眨了一下眼睛。我點頭表示同意。媽媽聳聳肩。爸爸直視著前方，眼神空洞。

「我的可可，他當然要香緹鮮奶油囉！」

可可……他一直都這樣叫我。我不知道爲什麼，但是我總喜歡想像他從前經常置身的拳擊場和擂台上，所有的人也都被叫做可可。

這個稱號和李歐納絲毫沒有關聯：李歐納．波納爾[3]。我當年十歲，對我來說，這個世界似乎仍然神祕難解、有點敵意，而我的內心經常湧起這種感覺：和我擦身而過的人們對我的身影視而不見。拿破崙安慰我說：一個拳擊手不需要擁有壯碩的身材，而大部分的拳擊冠軍之所以了不起，都是因爲他們的風度和才華。但是我呢，我並不是拳擊手。我單純只是個隱形人。

我是在一個暴風雨的夜晚出生的；房間裡的燈泡燒壞了，於是我剛來到這個世界時的哭聲是在黑暗中迸發的。小波納爾就這樣在黑暗中誕生了，而十個年頭還不足以完全使這片黑暗完全消散。

「好吃嗎，可可？」拿破崙問我。

「很好吃！」我回答。「謝謝。」

2 法文的「駱駝」也指脾氣不好、暴躁、不講理的人。

3 李歐納．波納爾（Léonard Bonheur），法文的 bonheur 意指幸福。

祖母稍微冷靜下來。我的目光和她蒼白的眼神互相交錯，她對我微笑。

「好好享用，」她低聲對我說。

小販把零錢拿給拿破崙；拿破崙問他：

「您幾歲？」

「先生，我二十三歲。怎麼了？」

「沒什麼，只是想知道一下。不用找了。眞的不用，眞的，我很確定。今天可是個歡慶的日子！」

「我們說的話全世界都會聽到，」我祖母咕噥著。

我們坐在回家的地鐵車廂裡，全都沉默不語，身旁坐著下班的人。我祖母重拾了一點信心；她在臉頰上補了妝，我依偎著她，就像是感覺到我們不久之後就要分離。她的額頭靠著窗戶，注視著窗外連續開展的景色。悲傷使她流露出一種很高貴的美。有時候，她會朝著那個曾和她一起生活的人望一眼。她的眼睛帶著在空中飄蕩的枯葉的顏色。我很好奇是什麼念頭引起她的嘴角時而閃現片刻的微笑。

我覺得她懂得一切。

至於我的祖父，他則因爲吃香草冰淇淋，鬍鬚呈現白色。他把腳放在他對面的長座椅上，接著輕輕吹起口哨。

「我們度過了多麼棒的一天呀！」他歡呼地說。

「我就在想要用什麼形容詞，」我祖母低聲埋怨。

02

接下來那個星期，我們全都一齊陪著約瑟芬到巴黎里昂車站，連拿破崙也來了。

約瑟芬決定回到法國南部很靠近艾克斯普羅旺斯的地方，她是在那裡出生的，而且她姪女空出了一間小房子讓她住。要學著看事情的光明面，她說。她將重新聯繫從前的朋友，重新漫步在她童年走過的小徑上。尤其是，那裡將陽光普照。

「我那裡會比你們這裡熱得多！」

彷彿是爲了同意她的話，一滴滴的綿綿陰雨落在車站的玻璃屋頂上。

我們在月臺堆積如山的行李箱之間等火車。祖父在月臺上大步來回走著，彷彿擔憂火車永遠不會來。

「我的小李歐納，你會來看我嗎？」祖母問我。

媽媽替我回答：

「當然了，我們會常去的。畢竟距離還不是那麼遠。」

「妳也一樣，」爸爸補充說，「妳也來拜訪我們吧。」

「如果拿破崙找我，我就來。幫我傳話給他。我比任何人都還了解他，這隻駱駝，而且我很清楚他在……」

她似乎想了幾秒鐘，接著改口說：

「哦，然後，最終還是不要吧，什麼都別跟他說。當他夠成熟的時候，他自己就會懇求我……熟的像一個老爛蘋果一樣，完全……」

祖父踏著小碎步走過來，打斷她的話：

「火車來了！準備好！別錯過了！」

「你還是有本事說出讓人高興的話嘛，」爸爸說。

拿破崙手裡緊握著最大的行李箱，轉身朝向約瑟芬，極其輕柔地低聲對她說：

「我幫妳訂了第一個位子。」

「討人歡心的體貼。」

我們幫她安頓在座位上。拿破崙和我父親把她的幾個行李箱安放在附近各處。我聽到祖父小聲地對一位乘客說：

「好好照顧她。她雖然看起來沒那個樣子，但她其實很脆弱。」

「你對這位女士說什麼？」祖母問他。

「沒有，沒什麼，我說火車總是誤點。」

我們再度往下走到月臺上。一陣廣播宣布開往艾克斯普羅旺斯的火車即將開車。窗戶後面的約瑟芬向我們擺出一副笑臉，好像要去度假似的。

火車在我們面前滑行，我們微微地揮揮手。最後一個車廂的紅色車燈消失在霧中。結束了。廣播宣布另一列火車即將來到。其他的旅客湧進了月臺。

「我們去喝一杯吧！」拿破崙說。「我請客。」

拿破崙在擠滿了成群旅客的咖啡館裡幫大家找到一排空位，我們於是擠一擠地坐下。拿破崙盤算著無數的計畫。

「首先要整修家裡，」他說。「鋪上壁紙，重新粉刷，東修修、西補補。來點年輕的活力，就這樣。」

「我會請一個承包商過來，」爸爸說。

「不用承包商。我全部自己來。我的可可會幫我。」

他往我的肩膀打拳，來為他的話斷句。

「這不是很合理，」我媽媽說，「你應該聽你兒子的。」

我父親點頭表示贊同，而且更進一步地說：

「沒錯，爸爸，好好想一想。有承包商，事情可能更簡單！他會包辦最主要的工作。」

「就是這樣，」祖父高聲叫道，「而我呢，我只負責剩下的碎屑。像隻麻雀一樣！絕不！我會自己處理一切。別忘了我可沒有請你幫我任何事情。如果你們來是爲了羞辱我，你們大可以待在家裡。我一個人會處理得很好。我自己和我的可可。架設健身房也一樣由我們來。」

「健身房？」我爸爸高聲地說，「何不用啞鈴呢？」

「啞鈴——這個主意不錯。我倒沒想過。我會記下來。」

我爸爸嘆了口氣，和媽媽互看了一眼，接著清了清喉嚨，發表意見說：

「坦白說，爸爸，如果你想聽我的意見……」

「不必操勞了，」拿破崙一邊用吸管吸著可樂，一邊打斷他的話，「我很清楚你怎麼看這整件事。」

不，他們不贊成，我父親尤其不贊同。一個到了八十五歲、將近八十六歲的人是不會離婚的。也不會裝設健身房，而且會接受別人幫忙整修家裡。而且，此外，沒有人在這把年紀重新整修室內。也不會整修室外。他們什麼都不整修。只是等待。等待結束。

「不過實際上，」拿破崙繼續說，「不論這件事你怎麼想，嘿，我才不管呢。我不需要通過你許可。明白嗎？」

我父親的臉開始變得紅通通的；他惱火的表情瞬間糾結起來，但是我媽媽謹慎地用手壓著他的前臂，壓下了他的怒意。

「我認爲這是我該管的，」他只好低聲咕噥。

拿破崙對我使了一個眼色，然後跟我說：

「La ŭ vi, ĉu mi estis sufiĉe klara, Bubo?」

這個世界語的句子意思是說「你認爲我剛才夠清楚嗎，我的可可？」我祖父的世界語講得很流利，而且他教我學會了基本的概念。

我點頭表示贊同。

在我和我祖父之間，世界語已經成爲我們的走私語言，當我們有祕密要分享時，我們就說這種語言。我喜歡那些來自遙遠的地區、既陌生又熟悉的發音，我也喜歡這種語言讓人覺得彷彿你的嘴裡就包含了整個地球。這是他在第一個人生的時期所學的語言，當時他在拳擊台上閃電般迅速地猛攻；這種語言讓他可以輕易地和外國拳擊手溝通、跟運動員協商，並用這個語言瞞天過海，矇騙教練、比賽籌辦人和記者。

「他說什麼？」爸爸問。

「沒有，沒什麼，」我說。「他說你人很好，還替他著想。」

我們走出車站。一排長長的計程車正在等候旅客。

「喂！」祖父向一位司機大聲叫道：「您有空嗎？」

「有，我有空。」

「好極了，」拿破崙說，「我也是。」

他放聲大笑。

03

拿破崙已經活了兩次，而且絕對還有其他好幾條命備用，就像貓一樣。在他的第一個人生，他踏遍了全世界的拳擊場，而且還登上了各家報紙的頭條。他見識過拳擊冠軍賽場中陰暗的榮耀，喀嚓作響的閃光燈，因勝利而來的短暫喜悅，以及落敗之後在更衣室裡無盡的孤獨。後來爲了某個我們不太記得的原因，他突然間結束了那段職業生涯。

他於是改行當起計程車司機——運將（Taximan），就像他老愛操著美國口音說的。他從不把車頂上的招牌取下來。每當他來學校接我的時候，總是亮著招牌，在冬天裡，「計程車」的其中三個字母「TAI」在黑夜中極爲顯眼，中間的「X」則亮不起來。他敞開他那台寶獅（Peugeot）404的後車門，接著以一種煞有其事的口吻問我：

「先生要上哪兒呢？」

但是這個星期五，就在約瑟芬離去一個禮拜後，他只是單純地說：

「我帶你去個地方。」

「去保齡球館嗎？」

「不是保齡球館。你等等就知道了。」

拿破崙跟我解釋說他思考了很久，認爲應該要用一個重大的事件來標誌這第三個人生的開始。

「一件樂事！」他邊嚷著邊闖過一個讓右側車輛優先行駛的標誌。

「好是好，但你正在靠左行駛，祖父。」

「有什麼關係，」他回說。「在英國大家還不是靠左開得好好的！」

「但我們不是在英國！」

「爲什麼他們從剛才就開始向我們按喇叭呢？你知道嗎？」

「祖父，你的駕照到底是哪一年考過的？」

「首先，從今天起別再這樣叫我。還有，你說的是啥駕照來著？」

太陽漸漸西下。

在每個路口，他都會反射性地將手臂擋在我面前，爲了防止猛然煞車時我撞上擋風玻璃，畢竟他的車子向來沒有配備安全帶。我們開了半小時後離開公路，走上一條田間小道。

「我想我們總算到了。」

我讀著入口處標示的三個字母。

「SPA[4]，」我唸出來。

「很好，你認得那三個字嘛。這樣就夠了。知道該怎麼做了吧。來呀，走，我們走。」

「你想養狗？」當我們大步經過狗籠旁鋪著混凝土的小路時，我忍不住問道。

「不，不是，你等一下就知道了，我是來徵求一位祕書的！你啊，有時候就是有這些毛病！」

從狗籠傳出了低啞的吠叫聲，夾雜著比較尖銳的狗叫聲。全世界的狗和所有想像得到的狗毛種類都在這裡：長的、細的、短的、濃密的、直的或是捲的。大多數的狗看起來有些沮喪，虛弱地待在籠子深處，一有訪客經過便搖起尾巴來。

這些狗有的飽受皮膚病折磨，拚命地搔癢，其他的狗則雙眼泛著淚光，也有的直追著自己的尾巴打轉。

那邊有隻身材結實的西班牙獵犬，那邊有隻強壯的法國狼犬，那邊有隻熱情的傑克羅素㹴，這邊有隻令人安心的拉布拉多犬、一隻優雅的蘇格蘭牧羊犬，或者一隻苗條而且充滿貴族氣息的獵犬。選擇太多了。這才是問題。

「太難選了！」拿破崙說。「我們總不能全都帶走！也不能用抽籤的……」

一位女士過來招呼我們，她看我祖父猶豫不決，於是開口說：

「這要看你們養狗是爲了什麼。」

「問得好，我們就是不知道，」拿破崙回答。「這什麼問題！我們只是想養條狗，以對狗的方式對待牠，就這樣。」

他指向一個柵欄上沒有任何標記的籠子，問說：

「那邊呢，」他繼續問，「那隻是什麼狗？」

「那隻嗎？」那位員工答道，「我想是隻剛毛獵狐㹴。」

那隻狗用朦朧的眼神望向我們，稍微抬起牠的口鼻幾秒鐘，接著發出一聲深深的嘆息，然後把口鼻下沉到平行的前腳之間。

「您確定吧？」拿破崙問。

「老實說不太確定。也可能是雪達犬，或許是……您稍等，我確認一下。」

那位女士被她那些在通道裡被風吹散的文件搞得一團亂。

「眞是亂七八糟。」

「不知道品種就算了。反正我們並不在乎品種，對吧，可可？」

「對呀，不重要。」

4 法語，意爲「動物收容所」，Société Protectrice des Animaux 的縮寫。

「那牠幾歲了呀？」

那位女士擺出一副篤定且專業的模樣。

「呃……大約一歲。不，兩歲。就是兩歲。」

她擠出一個侷促不安的笑臉。

「事實上，可能再小一點，或者小很多。」

她再次埋首於文件中，但那些文件終究脫離了她的掌握，四散在圍牆之間。

「沒關係，算了！」拿破崙說。「年齡也不重要。這種狗可以活多久？」

「這種狗抵抗力很強，」那位女士答道，「少說也可以活到快二十歲吧！您看起來有些擔心，這有什麼問題嗎？」

「這顯然是個問題吧！」拿破崙嚷道。

「啊，是的，我懂了。我想我了解……」

「對吧，」拿破崙說，「養動物就是有這個問題，牠們總是比您先離開這世界，然後您就有得愁了！」

❖

「眞好笑，」拿破崙說，「你看，來的時候只有我們倆，出來時卻有三個！」

我們相視而笑。我們想跟牠講講話，跟那隻狗，但因爲感到有點可笑而不好意思開口。

拿破崙從口袋裡掏出一條全新的遛狗繩，繩子像蛇一樣展開。上面的標籤都還沒撕掉。

「你早就預謀好了吧，祖……拿破崙！」

「全部。連這個也是，看！」

寶獅 404 的後車廂裡塞滿了一袋袋的狗食。拿破崙打開後車門，隆重地宣佈：

「新生活開始了！先生想上哪兒去呢？」

那隻動物躍上後座，嗅了嗅，覺得跟牠滿合的，於是舒適安穩地待下來。故障的計費表上顯示著 0000，確實讓我感到這標示著某件事情的開端。

「是吧，」拿破崙邊說邊打到一檔，「我們不需要特別品種的狗。只要是一隻狗。一隻像狗的狗就行了！」

接著是取名字的問題。墨道爾、雷克斯、任丁丁、巴魯[5]，這些感覺都不太對。紅燈時，我們不約而同地回過頭。那隻動物溫柔地抬眼望著我們，牠那像是畫了眼線的雙眼滿是疑問。

「來個原創的名字，」祖父說，「這才是你需要的。要有新意！那些老調我們聽夠了！該劃下句點了！」

「句點，」我高聲嚷叫，「這正是個好名字！」

「讚，就叫句點！」

接著，他轉向後座問道：

「怎麼樣，句點，你總算有個名字了，喜歡嗎？」

「汪。」

「似乎很適合牠呢！」我說。「現在是綠燈，你可以過了。」

「眞是個好聽的名字，」祖父邊發動車子邊說。「總而言之，對狗來說是個好名字。既原創、出色又高檔，嘖嘖。比『分號』或『下引號』好多了！看得出來，你對狗的直覺滿靈敏的嘛。」

一抵達祖父家，我們就把那幾包狗食從寶獅 404 的後車廂搬出來，堆在櫥子裡。

「辛苦啦，」拿破崙說，「我有樣東西要給你。」

他拉開抽屜，取出一個塞得鼓鼓的布袋。

「別擔心，這不是狗食。打開看看。」

他露出狡黠的眼神。

是彈珠。好幾百顆彈珠。有些是土做的，有些是玻璃的，或是瑪瑙的，有的比較大，還有特大顆的……它們是拿破崙童年的全部。

「這些都是老古董了，」他說。「我花了好幾年才贏到這些。它們對你比較派得上用場。我已經沒幾個玩伴了，你明白的。一般來說，好像該送你集郵冊，但我實在對集郵沒啥耐性。主要是因爲我不會收到那麼多信。或者應該說我也不怎麼熱衷寫信。」

一時間我兩腿發軟，心臟怦怦地跳，一句話都說不出來。

「即使如此，你也別哭呀！」他向我喊道。

5 「任丁丁」是好萊塢傳奇狗明星的名字，「巴魯」是知名的迪士尼動畫電影《森林王子》裡的懶熊的名字。

04

句點就這樣來到了我們家，而且隔天就被介紹給我父母。牠是隻隨遇而安的狗，溫順又聽話，頗能自得其樂。我爸爸只問了一句：

「牠是什麼品種？」

「牠是狗，」拿破崙回答，「就這樣。不知道爲什麼，但我總有預感你會問這個問題。」

「你別激動嘛，」爸爸咕噥道。「我只是隨口問問。因爲通常都會說『這是隻貴賓狗』、『拉布拉多犬』……之類的啊。」

「誰說的，通常只會說『牠是狗』。一隻混種狗。句點！」

「你說了算，別爲個簡單的問題小題大作。」

「我沒有小題大作。句點是他的名字。還有，你說的也沒錯，我是有點煩。我受不了你總是想要分類。你從小就會把所有的東西都給分類。還記得你那些郵票嗎？你一直很熱衷這個，把人——狗也是——分到一些小盒子裡。這樣一來，讓他們都再也不能動，就像是在……」

父親聳了聳肩，問道：

「好吧，那你可以告訴我爲什麼現在要養狗嗎？如今……」

「怎樣？」

「沒怎樣。」

拿破崙用誇大的動作強調說明：他一直夢想要養一隻狗。他小時候住在位於巴黎美麗城的狹小公寓，而之後當他成了拳擊手，養狗這事更是想都別想。有哪隻狗，就算是像句點這樣適應力強又好相處，能夠忍受拳擊手漂泊不定的生活？

「再說，你媽對狗毛過敏。就算我倒楣吧！但是現在，我決定要照顧牠到最後一刻。」

父親驚訝地挑起眉頭。

「牠的最後一刻，」拿破崙把話說的更清楚，一邊聳了聳肩。

我媽媽已經拿出素描簿，並且開始動起筆來。句點似乎明白她的意思，而把牠驕傲又高貴的側面朝向她。牠天生就適合變成我母親畫冊裡的一頁畫面。

我喜歡看媽媽作畫。她畫下周遭的一切，讓自己全神貫注在她的模特兒身上；而她身旁其餘的一切彷彿都不存在了。她直到六歲才開口說話，而且從此以後，總讓人覺得她似乎對話語存疑。她吝於言詞，就像是她知道的詞彙不多似的，但她沒有說出口的一切，她則用繪畫來表達。只要畫個三筆，一切就都躍然紙上。頃刻之間，她捕捉到炯炯的眼神，或者用筆下的線條記錄看似平凡、實際上意味深長的微小動作。這些多達幾百幅的小素描寫生裝滿了好幾個抽屜；這些畫接著被裝訂成冊，最後有時會訴說出一些片斷而帶點詩意的故事。她常常會到圖書館或學校去朗讀這些故事。

爸爸繞著那隻動物打量了一周，接著查看了一本百科全書，然後宣告牠近似於獵狐㹴、獵犬、西班牙獵犬，同時還像瑪爾濟斯。真是狗類中的謎。特別是牠那像羽飾的長尾巴完全無法歸類，或說就像是後來才加到牠身上的。

「對了，」拿破崙轉向我爸爸，「趁我們現在有兩分鐘清靜的時間，我有件事想拜託你。」

他從一個大信封袋拿出一疊打滿了字的文件。

「你瞧瞧，這是法官寄給我的。你可以唸給我聽嗎？我本來可以自己讀，只是我忘了帶眼鏡。」

爸爸取過文件並瀏覽了起來。

「讓我們來看看……『離婚事由：展開新的人生。』爸，你還滿敢的嘛！」

拿破崙得意地微笑，句點彷彿充滿讚嘆地望著他。

「簡單的說，總之，上面是說所有的人都同意了，而且沒有發生分歧。」

「就是這樣，」拿破崙說。「皆大歡喜，事情進行得很順利。」

「對你來說也許是，」父親說。「可是對約瑟芬來說，我可就不確定了……」
「得了！你懂什麼呀？好了，那其他的部分怎麼說？」
「看起來一切都處理好了，接下來是一些技術性的東西……」
「長話短說！」拿破崙命令道。
爸爸的視線直接跳到文件的結尾。
「你猜法官用鉛筆加註了什麼？你聽好：『祝你好運！』」
「這位法官人眞好，」祖父說。「我就覺得我們滿投緣的。當時我幾乎想請他一起喝杯啤酒。」
拿破崙從爸爸手中奪回文件。
「我要把它裱框掛在廁所裡。用來紀念我新人生的開始。」
他把那疊紙湊到我的鼻子底下。
「你也看到了，可可，多麼棒的證書呀！這是我的第一份證書。我要把它掛在洛基旁邊！」
他笑容滿面。他藍色的眼睛在很濃密的髮叢下閃閃發光，他的髮色潔白，一縷長髮不時垂到臉旁。我很欽佩他的無憂無慮。我欣賞他那細小皺紋間散發的青春眼神。他總是緊握著雙拳，即使在他並沒有不高興的時候也是這樣。

「你高興就好，」父親說。「我知道你不喜歡別人插手管你的事，對我的看法也嗤之以鼻，但我覺得你對媽媽實在太過份了。好了，我只說這一次。」

「你說得沒錯，」拿破崙說。

父親露出滿意的眼神，直到拿破崙明確地說：

「確切地說，其中兩點沒錯：我不喜歡別人管我的事情，也不在乎你的看法。」

拿破崙轉向我，問我說：

「Ĉu vi ne taksas lin cimcerba（你不覺得他眞是個蠢蛋嗎）？」

我笑而不答。

「他說什麼呀，李歐納？」父親問我。

「沒什麼，」我回答，「只是說你替他操心，眞是體貼。他謝謝你。」

父親容光煥發的笑臉讓我忽然感到一股憂鬱而溫柔的悲傷。母親伸手搭著他的肩膀。

「眞的啦，好了！」祖父咕噥著，聳了聳肩膀。

❖

第二天，我認識了亞歷山大・羅柯吉克（Alexandre Rawcziik）。「吉」的拼法有兩個i，他馬上補充道。他珍視那兩個i的程度跟我鍾愛藏在書包裡的拿破崙的彈珠不相上下。他戴著一頂奇特的鴨舌帽，材質包含毛草、皮革、天鵝絨，甚至是羽毛，就這頂不簡單的帽子，他小心翼翼地把它掛在走廊的衣帽架上；這個奇特的東西令我著迷。

他給人的感覺有些靦腆，又有些憂鬱和孤僻，這立刻就使他和班上的其他學生拉開距離，同時也獲得了我的同情。我驚訝地發現，才過了幾個小時，我就把他當成最要好的朋友了。這種感覺就是終於找到一個跟我類似、可以分享一切的同學的喜悅嗎？或者是因爲拿破崙彈珠的魔法呢？太神祕了。然而，我陶醉在一種前所未有的所向無敵感之中，而毫不猶豫地向亞歷山大提議來一場彈珠比賽。而且我自信滿滿地認爲鐵定能擴增別人交託給我的珍寶，我於是把拿破崙的彈珠當成賭注。

我眼睜睜看著這些彈珠一顆顆消失，進到新朋友的口袋裡。一心抱著贏回來的希望，我不停地從老舊的袋子掏出新的彈珠。我確信風水會輪流轉。但局勢絲毫沒有逆轉，厄運之神設法使我的珠子偏離正軌，總是在最後關頭錯失目標。

亞歷山大心不在焉、機械性地把戰利品收進口袋，甚至連看我一眼都沒有。那些彈珠堆在他顯得鼓起來的口袋裡，發出小小的碰撞聲。我心想應該停手了，否則會全軍覆沒，但每次我仍然不由自主地把手伸進袋子深處，再押上一顆彈珠。他不可思議地靈活精準的動作就像神射擊手一般。

比較不起眼的彈珠溜走了，接著是比較晶瑩亮眼的，最後輪到最珍貴的。在一天之內，我就失去了整批寶藏。

「玩完了，」我說，「我什麼都沒有了。」

奇怪的是，我一點都不生亞歷山大的氣。是我自己揮霍掉某個神聖的東西。

我空手而歸，心裡也一樣空虛，喉頭哽咽。我剛才是怎麼了？爲什麼非得玩到底不可呢？現在，一切都太遲了。

05

彈珠的悲劇過後那天，爺爺向我宣告：

「我的可可，我任命你擔任我的副官。李歐納・波納爾被任命爲副官。就這樣，這可是正式的。」

「遵命，皇上！」我一邊模仿士兵立正的姿勢說著。

「我們要對燒壞的燈泡下手，好讓我們能更清楚看見未來！是吧，可可？」

「絕對是的。」

我拿來一張凳子，他接著站上去，用手把燈泡轉下來。

「你確定有把電流切斷嗎，爺爺？」

「別擔心，可可。還有，別再叫我爺爺了。」

「好的，爺爺。我不擔心，可是我不想要你落到像克羅克羅[6]的下場。」

6 克羅德・弗朗索瓦（Claude François, 1939-1978），法國知名歌手，因淋浴時用手觸碰燈具而慘遭電死。

「悲慘的克羅克羅，一想到他，總是讓我感到一股震盪！觸電……哈，哈！」

他笑翻了，於是幾乎無法穩穩站在凳子上。

「咱們認眞點，把新的燈泡拿給我。」

他的手裡迸發著火花。屋裡一片漆黑。

「哎喲！媽的！」他一邊說一邊甩手，像是要讓手冷卻下來，「我一定是忘了什麼東西？可是當初是我幫這間房子安裝電路的，眞搞不懂。你奶奶一定有請人來做了什麼，然後他把一切都搞亂了，現在就變成這樣啦。絕對不要相信女人家。」

他跳下來，雙腳很靈活地著地。他接著翻出一根蠟燭，點燃燭芯。

「然後就有了光！」[7]他自豪地說。

這個場面讓句點樂不可支。牠臀部坐在地上，尾巴在空中搖晃，看起來好像等待著後續的樂子。

「嘿，可可？」

「是呀。」

「你不覺得我們這樣滿好的，像這樣，咱們兩個？」他說，並且一邊坐到老舊的長沙發上。

「咱們三個！」我糾正他，一邊撫摸著句點。

他說的對。我們就像在這間籠罩在陰暗中的房子裡兩個一起行竊的小偷。兩個小偷和他們的狗。

「我好奇牠適不適合當警衛犬，」拿破崙說。

句點像是要回應他似的，背朝著地板躺下，肚子朝天，討人撫摸。

「來我這邊，」爺爺說，一邊用手輕拍沙發。「我有事要告訴你。」

他的嗓音溫柔，而且微微顫抖。就在一瞬間，我心中升起了一種脆弱感。整個房間裡都可以感覺到約瑟芬的不在場，而我很確定拿破崙和我一樣感覺到那種空虛。

「我的老可可呀，」他嘆息著說，「有一些人，即使我們再也看不到他們，可是他們都還在。」

儘管處在這樣的情境中，他整個人卻很放鬆。我察覺到他緊緊糾結的那雙大手攤了開來，就像兩大片軟軟的葉子覆在他的膝蓋上。那隻蠟燭在我們周圍散發一股令人平靜的光。

「一支蠟燭，這融化得還眞快啊！」爺爺發牢騷說。

他接著被自己的意見一驚，於是振作起來。

「憂鬱的片刻結束了，人生哲理也說夠了。來比腕力吧。」

---

7 聖經《創世紀》中：「神說，要有光，就有了光。」

我們鄭重地面對面坐下。我們的手彼此勾在一起。掌心對著掌心。我們的肌肉緊縮起來。我們的手臂左右搖擺。我們做出海盜的鬼臉。他假裝咬牙切齒、喘息——這一次，我可是要把他擊垮。但是眼看著我勝利在望，而且他的手背只差一公分就會碰到桌面，這時候他卻笑了出來、哼起口哨、看看他另一隻手的指甲，然後，毫不費力、從容地、四兩撥千斤地逆轉局勢。我的手轉了一大圈，被壓倒到另外一邊。

就在這一刻，有人敲房子的門。

「你在等人嗎？」我問。

「沒有啊。你去開門。這個時候，我會去修理保險絲。我們眞的連清閒兩分鐘都不行。」

一共有兩個訪客，穿著相同的服裝，還拿著一樣的小手提箱。

「只有你一個人在家？」其中一位訪客問道。

電來了，然後爺爺突然從我背後出現。讓我大吃一驚的是，他完全沒有確認他們的身分就讓他們進來，還請他們在桌子旁坐下。我發覺他再度握起了拳頭。

「Ni amuziĝos, Bubo! Ili ne eltenos tri raŭndojn!（我們要樂一樂，可可！他們沒辦法支撐到第三回合的！）」

這兩個訪客從他們的小手提箱裡拿出許多摺頁和目錄。爺爺露出一副專注的神情，好奇地盯著看。最能引起他興趣的就是畫面。

「這個嘛，您看，」銷售員說，「這個，這是齒輪軌道，可以沿著樓梯的欄杆架設，這樣在爬樓梯的時候就不會累……就像個人專用的小電梯。頂級的。」

「還不錯。還有那邊那個呢？」

「有聽障問題的人用的助聽器。」

「一個什麼？」拿破崙說，一邊豎起他的耳朵。

「助聽器給……」

「您是說捕蚊機？不需要，這裡沒有蚊子。反倒是有時候會有別的討厭鬼。」

那兩個人偷偷彼此看了一眼。他們勉強擺出笑容。

「那這個呢，這是什麼？」爺爺問，一邊用手指按在另一張圖片上。

「給視力退化的人用的放大鏡。」

「有意思。看哪，說穿了，就是給我們在附近看到的那些醜八怪……那這邊呢？真詭異，像是一個給小孩子用的東西。踏板車。」

「這是最新型的助行器，用鈦和碳做的。盤式煞車。供行動不便的人使用。您一定也有盤算未來吧？」

「那當然了，我一直在思考未來。」

這兩個挨家挨戶的推銷員露出滿意的笑容。

「嗯，我的可可，我們都想到未來！Bubo, ĉu vi kredas, ke li iras ĉe sia amantino!（你等一下會看到他們的下場！）」

怒火被點燃了，剩下的就只是等待火藥桶爆發。靜靜地等。就像面對一場煙火。

「那麼，讓我們談談未來！」這兩個人之中的一個表示。「讓我們嚴肅地談談吧！」

「我呀，我要和您們談談，談您們的未來，」拿破崙回應，他雙手交叉，雙眼像箭一般銳利。而且的確非常嚴肅。另外那兩個人望著我。他們被嚇到了。我聳聳肩膀，對他們表示我無能爲力。

「您眼前的未來，小傻瓜，那會是停止再來煩我們。至於眼前不久後的將來呢，那就是在嘴巴上被揍一拳。您是否可以告訴我您這堆亂七八糟的東西是要給誰用的，啊？」

「給有點……總之，我，我也不知道……有點年紀的人，就這樣吧！」

「老人，這是您想說的吧？」爺爺問道，並且抬起一邊的眉毛。「清楚地說出來。」

「好吧……是啊，就是，一些……一些像您說的那種人。」

拿破崙不經意地用腳踏著鑲木地板。

「因爲或許您有在這間屋子裡看到一個這種人——老人？你呢，可可，你有看到一個這樣的人嗎？」

「沒有，」我說，並且回過頭，用視線仔細探看室內，「我完全沒看到！甚至連句點都年輕得很。」

「汪！」

這兩個羽量級拳擊手有點結結巴巴。他們再也不敢多說什麼。爺爺在我眼中顯得魁梧，他的身影一直擴張到天花板。他往桌子用力一敲，桌子都裂開了。目錄都彈到空中。

「亂搞一通，您有在這個房間裡看到老人嗎？有、沒有，還是去你的？這個問題嘛，可不複雜！甚至像您這樣有點無知的人都應該能夠理解。而且如果您還有一點點對話的本能，甚至還能回答呢。」

他用手臂在自己面前揮舞著，手臂碰撞到目錄，把目錄打到牆壁上。

「沒有，我們沒看到老人……我們弄錯地址了。老人，這裡沒有。好吧，我們並不是覺得無聊，不過我們就不打擾了……」

我們聽到他們的車子一溜煙地開走了。

「他媽的，」爺爺說，「他們可會讓我提早掛了，所有這些可憐鬼。過來，可可，我得好好宣洩。」

我很清楚他想做什麼。我們面對面。

「來吧，可可，打拳，打拳。來，讓我動動手腳！」

拿破崙是這麼消瘦，他的四肢這麼纖細，以至於從側面看上去幾乎像個紙片人一般。相反地，從正面看上去，他卻像是一座小山。

「防衛，小心防守；然後注意看我的腳。」

拳頭穩穩地定在他的臉前面，他的上身往前傾，像極了他曾經是的拳擊手。擺出這種姿勢的他是不朽的，準備好迎擊任何敵人。

他曾經在一九五二年爭奪輕重量級世界冠軍的頭銜，但是在一瞬間險些被擊垮。擊倒他的是洛基。我對這場比賽如數家珍，這是他的最後一場拳賽，當年所有的報紙都報導了這場令他的拳擊生涯倍增榮耀、而同時也爲它畫上休止符的拳擊賽。因爲，就在這次失敗之後，他摘下了拳擊手套。我從來都無法鼓足勇氣詢問關於這場神祕的拳賽，但是這一天，不知道爲什麼，我問他：

「你是缺了什麼才沒有打贏呢，這場拳賽？你自己知道嗎？」

他正在專心餵狗，似乎沒有聽到我的問題，就這樣經過了漫長的好幾秒。然後，他最終冷淡地說：

「沒缺什麼。我什麼都不缺。只缺一個沒被收買的裁判。」

他用一條白色的小抹布擦手，我覺得他的動作彷彿意味著我不該再提出問題了。

「而且尤其不要相信報紙上說的，」他接話，彷彿他讀出我的心思。「盡會寫些蠢事！謊話連篇！」

他沉默了幾秒，同時觀察著句點，牠的鼻子探入飼料盆裡，大聲地大快朵頤起來。

「狗還眞能吃啊！很驚人，不是嗎。嗯？」

他用蒼白而若有所思的眼神看向我。我感到那個時刻彷彿是永恆的。桌上那隻蠟燭幾乎完全燒盡了。他吹熄了燭火。

「後來，你爲什麼停止拳擊了呢？」我問。「這是我不懂的。爲什麼你沒有立刻報復呢？」

「過來看看吧！」

我們往收藏室走。這些收藏室是一個眞正的拳擊聖地，其中關於過去的一個片段完整地蘊含了一切。

裁判頒發的證書被仔細地裱起來掛在牆上，和那些呈現拳擊賽的照片隔著一點距離。飄飄搖搖的拿破崙穿著一件白色的絲質短褲，底下露出兩隻細瘦而肌肉發達的腿。他緊咬著上下顎、連番打出上擊、從右邊伸手擊出直拳，或者，處在防禦姿態的他，靈敏地接受敵手的一記勾拳。總是所向無敵，而且從來沒有被擊倒。

「聽著，可可……」

我豎起耳朵。

「你聽到群眾嗎？聽到他們的喊叫嗎？還有連續撞擊的拳頭，嗯？」

我只聽到抽水馬桶發出的小小的咕嚕咕嚕聲，但是我仍然點頭表示贊同。

拿破崙出神地凝視著自己的臉。

「我一點都沒有變，對吧，可可，歲月沒有在我身上留下痕跡。」

「沒有，爺爺，你一點都沒有變。而且，此外你永遠都不會變。對吧，你永遠都不會變？」

「永遠不會。我保證。」

拿破崙站在洛基的肖像前面，定住不動。他的瞇起雙眼。他的肩膀顫抖。

他方形的臉上，嘴巴緊閉，上下顎緊咬在一起。流汗的肩膀閃閃發亮。拳頭緊靠著臉頰做出防備。洛基。偉大的洛基，他的最後一位敵手。

拿破崙嘆了口氣。

「向洛基報復？這混蛋可眞會打。他在比賽後就過世了。因爲一種莫名其妙的病，我已經不記得是什麼病了。我有時候會聽到他冷笑。他的確打中了我，這個混蛋！」

拿破崙認爲我們這一天已經做了不少事。他要打一通電話。

「打給『軟罣丸』」，他告訴我。

06

「軟罣丸」——那就是我爸。

我很久以來都不明白這個神祕的詞可能是什麼意思。我一直覺得這一定是一個溫柔而且格外富於情感的字眼。可是自從我年齡大到足以明瞭它所有的簡潔巧妙以來，每次祖父講起這個詞，我都不禁突然感覺到渾身不對勁，自己也覺得有點被玷汙了。這個詞的魯莽令我目瞪口呆，我跟爸爸同樣都感到被冒犯了。

「喂，是你嗎？我要帶你兒子去打保齡球。」祖父講一邊說一邊向我眨了一下眼。

「我們什麼時候回來？那我怎麼知道咧。這什麼問題啊！你明明知道我從來不戴手錶的嘛！你送給我的那支錶？我把它給搞丟了。或者是轉賣了，我哪知道啊。而且你也曉得，保齡球這個玩意兒，可以知道從哪裡起頭，但不太能掌握最後會到哪裡去。不行，你沒辦法知道，就是這樣。家庭作業？有啦，我們已經做完了。」

我祖父用手遮住話筒，然後低聲提醒我：

「他不放我走，你準備一下，我們要走了。」

然後他繼續講電話：

「文法測驗，有啦。還有聽寫，絕對的，當然啦。全都做得好好的。」

在這段時間裡，我已經把保齡球和我們的保齡球鞋拿出來了。拿破崙掛上電話。

「你看到了，我的可可，我對『軟罣丸』說謊。他滿腦子只想到功課。還好你不像他。」

我感覺到一陣心揪。我只是對他微笑。我們並不總是和我們所愛的人相似。

拿破崙套上他的黑色皮夾克，然後我們把鑰匙放到踩腳墊底下，就出門了。他爲我打開寶獅404的車門。

「請先生勞駕了。」

祖父擁有他專屬的保齡球，黑色的、閃閃發亮、很重，上面印著Born to win（英文的「天生贏家」）。從他的拳擊手套上，我們可以讀到用白色的線繡的同樣的句子。他覺得這句話很高檔而且超有品味的。

他爲了排遣放棄拳擊之後的苦悶而發現了保齡球，而他很快地就在保齡球場的鑲木地板上出盡風頭，就像他在拳擊場上一般。

「精準、靈活、輕巧：這就是保齡球的三大指導原則，」他說。「打彈珠也是一樣！」

他把他的寶獅404橫跨地停在三個停車位上。然後我們走進保齡球室。

那個晚上，他的精神飽滿。他衝刺了一小段距離，然後優雅地一隻腳屈膝往前跨出去，就像一把好看的剪刀。他的球依依不捨地離開他，彷彿難以脫離他的指尖，但是接著就如此優美、平穩地投出去，讓人覺得它彷彿在氣墊上滑行，沒有碰到地面。分數顯示在一面小螢幕上，那裡有一個身穿藍色泳裝的女孩在跳舞。他就這樣打出了十幾次的全倒，最後有一小群人在我們身邊圍上來。

拿破崙爲了達成世紀大滿貫而聚精會神，就在這個時候，在莊嚴肅靜之中，我們聽到：

「打球別失手了，我的老頭子。」

我祖父在原地僵住不動。他一邊用手拋起保齡球，並且用炯炯發亮的目光環視在場的人。一群訕笑的男生顯然決定這個晚上最後以進醫院收場。拿破崙壓下火氣，深吸了一口氣好讓自己平靜下來，接著在原地站定，重新衝刺。

「很快就撤了啦，老頭子！」另一個男生高喊。

我們周遭的沉默變得凝重。祖父放下他的球，清清喉嚨。他顯得心不在焉而且不可一世。

「來，可可，」他大聲說，「我們走。這裡臭兮兮的。」

「然後呢？」亞歷山大第二天問我，「最後怎麼樣了？噢說啦，跟我說嘛。」

「你有興趣知道？」我問。

「噢當然了，說吧，說！」

「後來呀，我們就在夜裡重新回到停車場。而那群男生就在那裡等著我們。他們把手指的骨頭弄出聲音，你知道那種人的！」

「唉呀！」亞歷山大高聲叫著。「那你們就回到保齡球館裡去？」

「才沒有呢。我爺爺單純是對他們說：『通常呢，打屁股要事先約。不過我為你們破例。我從誰開始？』」

「那你呢，你那時候在哪？」

「我啊，我悠閒的很，坐在404的引擎蓋上面，保管著我爺爺的保齡球。我就像坐在電影院裡，你知道嗎，只差沒有爆米花！」

「你不害怕嗎？我是說，替你爺爺覺得害怕，你不怕嗎？」

我放聲笑出來。

「害怕？怕什麼啊？他老神在在地跟我說：『不好意思我有事，我只有兩秒鐘的時間。』然後啪！啪！他把他們全都打倒，一個接著一個，就像這樣，毫不思考。你真該看看他們怎被揍的！而那些傢伙，他們呢，他們在地上扭動身體，一邊哀號，我爺爺就跟他們說：『現在呢，提好你們的內褲，給我滾！』」

「然後呢？」

「結果他們就都閃人了。」

「超讚的！」亞歷山大說。「你講的超棒。」

亞歷山大．羅柯吉克對於他的家庭還有他搬家而且錯過開學的原因都守口如瓶。他顯然很討厭而且很怕有人試圖探問他的過去。儘管如此（或者更是因爲這個原因），大部分的孩子都拚命用一連串的問題轟炸他：你來自哪裡？還有你的爸媽呢，他們是做什麼的？你有爸爸媽媽嗎？

我很欣賞他在迴避回答別人問題時所施展的技巧。他在這方面的技術之高超，幾乎就跟他玩彈珠一樣。此外，一些同學很快就不耐煩了；他們情願對他一無所知，而透過澈底忽視他來報復：他們當作他不存在。他具有一項特殊的怪癖，這使他成爲一個特立獨行的人，那是讓其他人感到厭惡的一種癖好，可是卻令我很著迷：他觀察昆蟲、跟隨牠們、整個下課時間都用在試著牠們藏匿起來，遠離其他學生走的路徑。他透過學名而認識這些昆蟲，而不久之後，像是鞘翅目昆蟲、金花金龜、大王虎甲或是鹿角鍬甲蟲等等的詞在我眼中就像拿破崙的世界語一樣清晰、有格調而且詩意。

我們兩個常常在一起，即使只是爲了一同走路到學校。自從他了解到我永遠不會問關於他家的問題，他出現以來把我們連結在一起的友誼於是變得更堅固了。至於拿破崙的彈珠，我甚至連提都不敢提。畢竟它們再也不屬於我，而我覺得應該要忘掉它們。

但是那個晚上，在拿破崙的保齡球館英勇事蹟的故事之後，我看到亞歷山大從口袋裡掏出一個袋子。他打開袋子，然後把手伸進去。

「我喜歡你跟我述說你爺爺的歷險。你說的比你玩彈珠好的多。拿一顆彈珠吧。」

「可是……」

「拿去，來吧，拿呀。你之後再跟我說故事。」

07

我很少見到爸爸，因爲他都很早就到銀行上班。我從床上聽見他發動汽車。他發動引擎讓它預熱、調整收音機，然後把車子逐漸開遠，使地上的碎石嘎吱作響。這樣的規律節奏讓我很放心。我起床的時候，媽媽已經拿著畫筆作畫；我有時會覺得她彷彿整晚都待在她整理出來的那間小畫室，它就位在類似船艙的頂樓的一角。我是家裡唯一能在裡面站直的，就站在房間中央，而我總愛在裡面東翻西看，而且聞著黏膠、清漆、粉蠟筆以及油畫顏料的氣味。

她曾經試著做比較正規的工作，有精準的上下班時間以及要尊敬的上司，但總是做幾個星期就被開除了。這有時候是因爲她無法按時上班、在所有的檔案資料和文件上都畫滿了圖畫，或者是在辦公桌上睡著；但是大部分的時候，都單純是因爲她才被雇用不久，就變得一點話都說不出來。她無能爲力，一個字都說不出口。她就是無法適應職場。

相反地，當她畫一朵花，會讓人覺得能聞到它的芳香。而如果是對花粉過敏的人，會覺得想打噴嚏。她畫的圖總是沉浸在一片陽光之中，我們可以在皮膚上感覺到白熱的溫度，但她也是少數貼切描繪出雨的藝術家之一。她的其中一本畫冊全部都是畫雨——毛毛雨、陰雨、大雨、暴雨，而我們眞的會覺得聽見雨滴打在屋頂上、感覺到雨打在我們的皮膚上，甚至聞到夏天被雨淋濕的樹木花草的特殊氣味。

這個早晨，我習慣地在爬樓梯時盡可能發出最小的聲響，好讓她吃驚而從中取樂，可是她連頭都沒有回，就高聲地說：

「我聽到你的聲音！又輸了！」

她在一團讓我覺得好笑的混亂中畫畫；一頁頁的素描像搖搖欲墜的危險金字塔堆積如山，雜亂堆疊的唱片、書籍、小盒子彷彿被施了魔法般地維持平衡，固定在牆上的照片彼此重疊，腳到處都會碰撞到封面上了色的畫冊，而我納悶她如何能在這團混亂中畫出這麼傳神的圖畫。

「你今天要去找拿破崙？」她問我。

「對，我們要著手粉刷牆壁。」

「啊，對喔，確實，」她帶著開心的笑容說。「你爸爸之前不大高興。拿破崙——他有時候太過分了。」

幾天前，在我們選購材料的那間整修用具材料店裡，拿破崙請店員在帳單上塡我爸爸的銀行帳戶。因爲他們的姓都一樣，所以沒有人發現他的詭計。

「那他還好嗎？」她問。

「爺爺啊？他很好。我甚至有點跟不上他呢！」

我媽媽很像她畫筆下的人物：洋溢著活力、喜悅，不爲大人通常會擔心的問題而煩惱，但是他們也充滿一種平靜而淡淡的感傷，這似乎永遠不會從他們身上消失；這些人物能在一瞬間就從笑容轉爲哭泣——只在翻頁的片刻之間。有一天，她做了一本書，裡面訴說著一個小女孩的故事，她生了一種病，於是無法行動，而多虧這種病，她發現了素描還有繪畫。而我很確定媽媽在書裡說的就是她自己的故事。而且這個小女孩的名字和她一樣，也叫做艾蕾雅。

媽媽把畫筆浸到一個裝滿水的寬口瓶裡，接著用一種她試圖裝出來的自在的語調對我說：

「我知道你們不太喜歡別人知道你們兩個在偷偷做些什麼，但是如果有一天你們眞的需要幫忙，就跟我們說吧。有時候可能會發生……」

她停止說話。接著延續了幾秒鐘的沉默。我知道她不會把話說完。的確，她重新拾起了畫筆。

「那妳在做些什麼呢？」我問她。

她調皮地笑。

「我也一樣，我不大喜歡別人知道我在偷偷做些什麼。等到時候到了，你就會讀出來了。」

「快了嗎？」

「我不知道。」

我走下樓梯，然後突然停下腳步。

「媽，我還是在想一個問題。」

「什麼問題？」她大聲地問，同時繼續畫畫，沒有回頭。

「我不完全明白拿破崙爲什麼離開奶奶。她本來就一定會贊成展開新人生的呀。此外他似乎一直想念著她。他雖然沒有說出來，可是我感覺的到。」

在畫紙上作畫的媽媽畫筆一時失控。她停筆並且停頓了幾秒鐘，然後回答我說：

「去幫幫拿破崙，我的大男孩。皇帝總是有他的道理。」

❖

只要騎幾分鐘的腳踏車，就能抵達位在城市另一邊的拿破崙的住處。他的房子比我爸媽的房子小很多，而因爲它的藍色百葉窗，讓人想到在海邊看到的那些簡陋的漁民小屋。

我到達的時候，客廳裡已經瀰漫著濃煙。幾天前，我們把家具集中到這個房間的中央。拿破崙用手臂拿著一台剝落機，它像一條龍似地咆哮，就像擊垮勒那湖的海德拉九頭蛇的海克力斯[8]。

濕透的長條壁紙沿著牆壁垂掛下來，句點試著用嘴巴咬住它們。

「你好嗎，我的可可？」

「好極了。你呢？」

「好的很。超白痴的。我也是，我也耳目一新。去把窗戶打開，這裡什麼都看不見。」

濃煙散到室外。泛白的煙霧幾乎立刻消散在空中。如果媽媽在場，她就會把這個畫面畫下來。

拿破崙拔掉剝落機的插頭，然後丟給我一個刮板，我在空中接住它。

「幹的好！然後再粉刷一下，我們今天下午就來刷油漆！永遠都別浪費時間，懂嗎，可可？」

「懂。」

「得低著頭往前衝。突襲，這就是全部的重點！所有的勝仗都是因爲讓人意想不到！不然敵人就會組織起來，再來可就沒那麼容易了。」

他高高站在凳子上，伸展像盲蛛一樣纖細的四肢。黏膠和壁紙的味道撲鼻而來。

「皇上，噢我的皇上，」我說，「洛基，你跟他很熟嗎？」

他拿著刮板的手停了下來。然後，在幾秒之間，他一直閉著眼睛。

「洛基？有點熟……我們就像這樣在更衣室遇到。我們在同一個拳擊室練拳。這傢伙眞不簡單！他用一個裝滿了信的袋子充當拳擊沙袋。他不識字，他收到的信呢，他甚至連開都沒開。所以他總是說愈多人寫信給他，他就感到更強壯。他是唯一在拳擊生涯結束時都從來沒有被打敗的拳擊手。一次都沒有。所——向——無敵，這個洛基。」

「你呢，你原本可以打敗他。」

「談點別的吧，可可！」

「那洛基他有小孩嗎？嗯？」

拿破崙清洗著刮板。他就像散落一地的紙捲一樣瘦。他抬起目光望向我。突然間我體認到約瑟芬的氣息已經消失無蹤，彷彿被那些蒸氣的雲霧帶走了。我感覺到只剩下我和拿破崙，這立刻使我侷促不安。

「小孩？」他含糊地說。「我不曉得。過來吧。是時候培養內涵了。」

然後他把刮板投到盆子裡，他優美而從容的姿勢就像確信會投籃成功的籃球員。

8 在希臘神話中，大力士海克力斯完成了十二項事蹟，其中一項即爲擊垮位於勒那湖的海德拉九頭蛇。

❖

那台小電晶體收音機滋滋作響了幾秒鐘，然後主持人的聲音變得比較清楚了。

我們喜歡這個比賽的一切。彷彿第一天開台般熱切的主持人的聲音帶動群眾和他一起宣布「一千……歐元競賽」！緊接著每個問題的沉默、標示思考時間結束的三聲音響，還有特別是參賽者的猶豫——他必須選擇中止或是繼續玩，而且還受到高喊的群眾影響：

「大獎！大獎！大獎！」

「我就玩到這裡，」參賽者有時候會說。

「眞是個軟罨丸，繼續啊！」拿破崙高喊。

拿破崙是在他的計程車裡養成了收聽這個比賽的習慣。他把車停在路肩或者緊急停車道上，不論所載的乘客是誰還有行程有多緊急。先後有好幾個主持人上任主持這個歷久彌新的比賽，但是爺爺把他們都搞混了。而且他再也不記得哪一個主持人退休了、哪一個過世了，還有哪一個現在正在提問題，他把他們全都集合成單一的人物：那個叫什麼的。

這一天，拿破崙打開一盒沙丁魚。他用拇指和食指夾起一條魚的尾巴，接著把它湊向句點，句點用嘴巴一咬就把牠吃進去。後來，句點的嘴唇外面露出魚尾巴的一角，牠接著把嘴靠著拿破崙的大腿。爺爺在兩片麵包上碾碎另外兩條沙丁魚，然後遞給我其中一片麵包。

「我本來應該當廚子的，」他一邊咬下麵包片一邊說。

第一個問題來了：

「一個很難的問題，聽好了：爲什麼沒有諾貝爾數學獎？」

時間一秒秒地流逝。

「好好想一想，」主持人低聲說。「這個問題很難。答案出乎意料……」

拿破崙思索著，一邊搖晃著頭。

「你呢，你知道嗎？」他問我。我聳聳肩並左右搖搖頭。

響起了三個聲響，清脆而且毫不留情。

「聽清楚了！這個著名獎項的創辦人的太太的舊情人是數學家，而他是爲了報復，所以拒絕頒獎給數學的天才。」

這種趣事會逗得爺爺開心不已。

「聽到了嗎，句點？盡是些神經有毛病的人，所有這些自大狂！」

他的好奇心突然被挑起，於是豎起耳朵、皺起眉頭，一邊更湊近收音機。

「噓，」他說。

「可是我沒出聲，是你……」

「噓，我說了。媽的，聽見了嗎？」

我聽到了。幾天之後，廣播節目要在我們家附近進行。而我和拿破崙一樣爲這個消息樂不可支。

節目主持人繼續誇讚我們的城市無與倫比的優點。

「啊！它的森林、它的豪華別墅、它的帝王，還有呃……它的體育館。」

「這節目總有一天要到我們這兒來，」爺爺說著。「他們花了些——時間——終於決定來參觀我們這兒！」

他關掉收音機，把手肘撐在膝蓋上，然後用手掌托著下巴。他看起來心不在焉而且若有所思。

突然間，他示意要我過去，然後低聲對我說：

「你知道嗎，我在想一檔事兒。」

「啊！什麼事呢？」

「我在想那個叫什麼的是不是眞的快樂。從一個城市到另一個城市不停地來回奔波，屁股從來都不能坐下來五分鐘，這全都是爲了報出所有這些問題，你覺得這種生活像話嗎？」

「或許他喜歡問問題這檔事兒。」

「我嘛，這讓我煩死了，」他說，「他也是，我確定他一定也受夠了。來吧，小比一下腕力來活動筋骨，然後咱們重新上工！」

我們兩個人彼此緊握對方的手。繃緊的肌肉。假扮的鬼臉。我的手臂繞了半圈。大勢已去。所向無敵。

「不費吹灰之力！」拿破崙說。「你永遠都不可能打敗我。」

他站起來，望著從雜誌上粗略剪下來的一張圖片，然後用兩個磁鐵把它釘在冰箱上。

「眞美，嗯，威尼斯，所有這些河水、貢多拉船、所有這類的東西……」

08

幾天之後，我突然出現在浴室裡的拿破崙身邊，他正在幫句點洗澡，全身滿是泡泡的句點溫馴地任他清洗。

「祖父，你在幫狗洗澡？」

「你呀，你眞會觀察！太驚人了！」

「你用洗碗精洗牠？」

「洗起來超順的。有聞到一點這個味道嗎？朗德森林[9]的松木味耶！而且呀，我已經洗好了。」

句點跳到浴缸外面，然後溜走了，背後殘留著一道泡泡的痕跡。

「我們不繼續做整修嗎？」我問。

拿破崙仔細地擦著手，然後回答說：

「我們休息一下。總得準備好再開始。」

「好，」我說。

我思考了幾秒鐘，然後問說：

「可是準備好做什麼呢？」

「準備好好幹一場大出擊。超大的一擊。歷史性的一擊。」

然後他在餐廳的桌子底下敲了三下。就像在劇院裡一樣[10]。

❖

「絕不可能失敗的！我已經全都盤算的分毫不差了，可可。我們還有接下來整個周末的時間。你跟句點來支援我。」

「祖父，我很想知道一件事。」

「說吧，儘管問。總得弄清楚基本的東西再開始。」

9 朗德森林是法國西部的森林，也是西歐面積最大的海岸松樹林。

10 劇場的戲即將開演時，會用木棍在舞台地板敲三下，以提醒觀眾注意，這特別出現在具有簾幕的劇場。在法國，此一傳統源自法國大革命之前的舊體制時代，以敲三下恭迎國王駕到，演變至今，法文「敲三下」泛指莊嚴地展開某件事情。

「你爲什麼想要綁架那個叫什麼的？」

因爲這就是他的大出擊：綁架主持人。就在他來到體育館之前。

「爲什麼？想一想，可可。因爲必須放他自由。好啦，好啦，別用那種眼神看我嘛。讓他擺脫那個小小收音機啊，還有讓他不用再問所有這些問題了。我們得讓他逃出這間牢房！好讓他活一活。」

這令我屏住了呼吸。他表達事情的方式是這麼吸引人。

「但他可能不同意，你也知道，」我說。

「顯然他不會同意，否則這就不叫綁架了啊。可是之後呢，他可會感謝我們呢。」

「既然你這麼說……」

路線、行程、配備、作法：全部都盤算好了，滴水不漏。

執行這項任務需要卓越的技巧，而句點就是那張最主要的王牌。

我祖父在客廳裡來回踱步，在盆子和油漆罐之間，就像在一幅劇場的布景前面。他興高采烈，已經信以爲眞。

「我們把他的車子攔下來，他下車，然後就在那裡，啪，不用一、兩秒的時間，我們就把他帶走。只要幾秒鐘，我們就讓他人間蒸發。」

「我們把他放到哪去呢？」

「放在404的後車廂裡。」

這麼大的一個後車廂，有一天總要派上用場。可是一場像這樣的出擊可不能用即興的，必須要演練才行。

「來吧，可可，我們明天就演練。」

然後他做出把嘴唇縫起來的手勢。

「不過，你可要保守祕密喔。可別把整件事給搞砸了。」

❖

噢是呀，我守著它——我的舌頭，用繩子綁住！它被用線緊緊綁好，就像我媽媽在星期天買的烤肉一樣，緊緊地捆著，彷彿是避免它逃走似的。用正式的說法，我要去祖父家繼續整修，而當我爸媽在晚上問到整修的進度，我躲躲閃閃地回答說磨光跟填泥，用八十克的砂紙拋光，上色襯托還有貼畫。我讓他們看我的雙手——在我回家之前，拿破崙先在上面塗了油漆。我覺得說謊有點丟臉，可是拿破崙似乎極度看重他的大出擊，於是我再怎麼樣都不能背叛他。

實際上，拿破崙開車載我走過一條很清淨的舊拖船路，開到城市的入口，停在一條運河旁邊，那裡滯留著幾艘多少有點被棄置的小艇。根據他，毫無疑問的，主持人一定會走國道，它會跟 404 藏匿的那條路交叉。

「他從南邊過來，」拿破崙指出，「然後往北朝著體育館的方向開。他才不會大老遠走其他的路。」

我眞喜歡我的祖父啊。他不浪費時間在討論上。花三天來練習。

「我全部都料想到了。分毫不差。」

他把手伸進一大袋的狗食在裡面翻攪，在手裡把狗食弄得喀喀作響，踏著腳板，沿著路邊散播狗食，而句點正是要在那裡學裝死。

「一點點番茄醬，然後就搞定了，」拿破崙對我解釋。「就在那裡，那個叫什麼的會從他的車裡出來。」

「你確定？」

「當然了。有一天，他說他從前曾經養過一隻狗。而且他也喜歡狗。」

確實，這就是一個好理由。拿破崙很明顯地看出我有點猶豫不決。

「現在，如果你懷疑我的指揮和我的計策……」

「我會好好研究的，就這樣！」

他思索著，一邊抬頭向上望，並且用食指輕輕碰他的下巴。

「他甚至是在一九七九年一月十七日，在瓦朗謝納談到他的狗。」

「你的記憶力眞是無懈可擊啊！」

在三天之中，我扮演主持人的角色，爲了救句點而下車，而句點此刻正乖乖聽命地躺在路肩上。牠的舌頭垂下來，裝死裝的超像的。

拿破崙從後面過來，把我抓走，他的手用力壓住我的嘴巴。我假裝掙扎。然後在不到兩秒的時間裡，我就被放在後車廂了。拿破崙停下他的碼表，宣告說：

「十七秒之內，他就被關到後車廂裡。完美無缺。」

然後他拍打他車子的鋼板。

「眞是台爛貨啊，這404。」

在我幫我祖父籌備他的大出擊的這幾天，我感到有些迷惑。我覺得他好像走在空中的一條繩索上，可是我們依然歡笑、樂在其中。籌畫那個叫什麼的綁架——這變成世界最棒的遊戲了。

中午的時候，拿破崙打開一盒沙丁魚。他把一隻魚抛向句點，句點在空中咬住它，然後他用折疊刀的刀鋒把剩下的魚一條條平攤在一片麵包上。麵包心浸滿了油，油還流到我們的大腿上，但這卻令我們捧腹大笑。

「祖父呀，」我說，「那個叫什麼的——我們把他放在後車廂裡，是這樣沒錯嗎？」

「你全搞懂了。」

「好啊，但接下來我們對他做什麼呢？」

他一副像是預料到一切的人那樣機靈地笑。

「嘿嘿，我絕不會讓事情出岔子，我告訴你，可可。全都盤算好了。」

拿破崙用食指指向沿著運河停泊的小艇的其中一艘。

「那艘小艇，在那邊。我們就把他塞到裡面去。」

「可是他會逃掉。」

「我可不認爲。除非他喜歡浸在冷水裡。我會解開纜繩。」

他因爲笑而晃動的很厲害，以至於他手上的沙丁魚掉了下來。

「呃，你是說你……」

「沒錯。這讓你驚訝嗎，嗯？我會溜掉。噢，不會太久啦。幾個星期，就只是爲了透透氣。

這樣可以好好教訓他一番，這個軟睪丸！他也不無可能把我關起來然後自己跑掉。你幹嘛這樣看我啊？」

「你會開小艇嗎？」他聳聳肩。

「呸！不過是雕蟲小技嘛！總不會比開台車子還複雜吧。」

「那你要開去哪裡，用你的小艇載著那個叫什麼的？」

「去威尼斯。這會讓他見識跟小電晶體收音機不同的世界。他終於會看到跟體育館階梯式座位或者多功能廳的廁所不一樣的東西——那些廁所裡總是沒有擦屁股的紙。廣闊的天地！寬廣的人生！我只希望他不會問太多問題。」

我的雙唇露出微笑。我的想像馳騁著，我看到拿破崙的小艇在大運河上，我聽到主持人對他提出一連串綠色、紅色、藍色的問題。一場大出擊——祖父眞有道理。將永遠烙印記憶裡的一擊。我喜歡看到他自認爲比全世界的人都更強。

他看看手錶。

「還有，當我們談到那個叫什麼的……」

拿破崙校準車上收音機的電台頻道。主持人的嗓音起初很模糊而遙遠，現在變得清晰了。他連番提出問題，它們就像棉花糖一般軟綿綿的。或許是眞的——他眞的在等我們。

「要有耐心，我的小兄弟，」拿破崙說，「不久之後你就要贏得大獎啦。我們會成的！」

09

我們的確成了。那個星期三，拿破崙精神奕奕，他朝他的房子看了一眼。我呢，我沒睡好，有點睜不開眼睛。我內心夾雜著不耐煩和某種微微的焦慮，自問是不是有好好保守祕密。但是拿破崙無法動搖的信心把這一切都一掃而空。

「最後一段路了，可可！」

我們坐在塞滿了狗食存糧和一大堆番茄醬的 404 裡，行駛在朝向拖船路的路上。後座上的句點看起來就像個美國大咖明星。拿破崙用手緊握煞車，並敲敲 404 車上的小時鐘，好確認它有在走。

「開的眞順，」他喜孜孜的，「還提前了半小時呢。」

我們一起圍著車子繞圈。他用腳踢進輪胎裡，確定它情況正常。我模仿他的動作。他停在後車廂前面，用手撐著下巴。

「我在想一件事，可可。一個小細節，但還是得留意。那個叫什麼的——你覺得他有多高？」

「我完全沒概念。透過廣播很難知道身高。」

「你想像這樣的笑話——如果他太高而必須讓他的腳伸出來呢？得好好搞清楚。」

他毫不遲疑地打開後車廂。

「我要親自進到裡面去，可可。我們要仔細看看。快，得趕緊動作。」

他就這樣跨進了後車廂。他成對角線的身體在裡面剛剛好。

「關起來，可可，只是要看看會怎麼樣，在這裡面。」

喀擦。一陣安靜。再也沒有任何動靜。好幾秒鐘過去了。

「祖父？你還在嗎？」

「你想要我在哪裡啊？去跳街舞嗎？幫我打開。」

我笑了。句點望著我。我接著說：

「沒辦法。鑰匙在你手上。」

沉默了幾秒之後，祖父只脫口而出說：

「眞他媽的該死。」

祖父這樣地沉澱了一番之後，煩躁不安、掙扎、用力踏腳、在後車廂裡打拳頭，可是於事無補——他被關起來了。

「我們要錯過他了，」他大吼，「我們要錯過了！我們的傑作功敗垂成！」

車子顛簸搖晃著。它的避震器嘎吱作響。時間一分分地過去。一刻鐘。半小時。

「一切都嚴密盤算過了，」他悲嘆。「現在全都毀了！這窩囊廢的大獎！」

「我們得找人求救！」我說。「爸爸應該有備份鑰匙。」

「絕不。聽到我說的嗎?絕——不！」

「你最好也吃點東西。」

「我有一大堆狗食。」

不論如何，都不可能這樣乾等下去。首先是騎單車的人和路人看到一個十歲小孩對著一台寶獅404的後車廂說話，開始覺得很詭異，然後拿破崙也開始咳嗽、發牢騷、喘不過氣來。

然後我餓了、也渴了，而且害怕。

「我想尿尿，」拿破崙最後說。

大約過了一個小時，有人中了頭彩：有兩個警察把車子停在路肩上，他們身穿制服的形影在路的盡頭浮現出來。就在這個時候，句點馬上側著身子倒下來，然後裝死。

我通報祖父，他開始神經質地狂笑起來。

「你爲什麼大笑呀？」

「因爲。」

「因爲什麼？」

在兩次打嗝之間，他總算能清楚地說：

「他們總是可以試圖把我關起來，他們已經這麼做啦！」

❖

那兩個警察覺得我們——我祖父和我——演出的這一幕很好笑，而我最好是把爸爸的電話號碼給他們。不這樣的話，就是進警察局。

爸爸幾分鐘之後來了，他手中揮動著備份鑰匙，然後跟警察交涉，警察的態度逐漸軟化下來。其中一個最後說：

「啊！我也是，我父親也老了。」

我爸爸把鑰匙插進後車廂的鎖孔裡轉了一圈。可是後車廂一直打不開。毫無疑問的，拿破崙從車廂裡面反鎖了。

「現在出來吧，」我爸爸命令。

「絕不，」拿破崙高喊。「你沒有工作要做嗎？」

「有，我工作一大堆，可是你還沒從裡面出來之前，我是不會走的。」

「你可以走了，我跟你講。」

「我可不這麼想！」我爸爸叫嚷，「我擱下了所有的事情就爲了來救你，而你想跟我說的就只是我可以走了？」

我祖父爆笑出來：

「救我？你在開玩笑嗎？」

「沒錯，救你。抱歉啊，可是你的起頭滿不順的。」

「沒有你，我可應付得好的很。我們在玩，就這樣。」

「那你們是在那玩什麼呀，你們兩個？嗯，如果這個問題不算冒失的話？」

「玩捉迷藏！」

「捉迷藏？在後車廂裡面，在運河旁邊？」

在這段時間，句點看著所有這股騷動不安，再度側著身子倒在地上。

「那你的狗呢，牠也一塊兒玩嗎？」爸爸問。

然後他用拳頭往車廂上的鐵皮用力一擊，它於是有點凹陷下去。

「可是你都已經幾歲了，爸？」他大喊。
「我的年紀可以尿比你還遠！」拿破崙回答。

10

第二天，他只是把大運河的圖片從冰箱上拿下來。

「我們可別讓別人擊垮，可可。威尼斯——我們才不鳥咧，它看來糟透了。」

他專注地凝視照片，突然把它揉成一團，然後丟進垃圾筒。他接著拿來一支鱷魚夾，用它打開一大筒油漆。

「還有你看哪」，他說，「那個叫什麼的，不過就是個聲音嘛！」

即使這次冒險被搞砸了，但還是帶來一些好的東西。拿破崙就像從一場長途旅行回來似地，重新發現他的房子。整修工程等著我們去做，刷子的毛伸向我們，還有一捲捲的紙就等著我們捲起來。

他一打開油漆筒，就接著用一根棒子攪拌裡面的漆。

「所有這一切證明了一件事，可可，」他說。「隨時都要小心提防，而且絕對不能鬆懈。只要一不小心，你就被關起來了。永遠別讓自己給鎖在裡頭！」

然後他把一隻大刷子的毛從我的面前揮過去。

「你戳到我的眼睛啦！」

我透過半閉著的眼皮，看到拿破崙爲他的惡作劇而發笑。我一邊這樣地被他逗得很開心，同時決定把這幾秒鐘永存回憶中。

「而且別跟我斤斤計較，」他說，「要寬大，沾多一點塗料：反正錢是銀行付的嘛！我們要刷好幾層，很仔細地刷。我們時間多得很。又不是火燒屁股。然後這樣一來，我們至少未來的五年都不用再管它了。」

「甚至十年。」

「是啊，十年。」

這整場冒險只讓他留下一個隱隱作痛的傷口、他將永遠不再提起的一陣揪心的感覺，但我覺得這種感覺在一千歐元競賽舉行的時刻變得更明顯。幾天之中，收音機都安靜無聲。接近中午的時候，拿破崙受到無法抗拒的吸引，開始在廚房裡兜圈子，他伸手去開收音機，但是立刻把手縮回來，彷彿可能被燙傷似的。

「噢，他媽的！」

而甚至到了後來，當他重新定時收聽他最喜歡的節目，他的確目光顯得朦朧，似乎在他的腦海中遊覽威尼斯的大運河。

拿破崙刷了兩下油漆，但永遠不會安靜太久。他總是興致勃勃地跟我說起第一千次他是怎麼成爲一個運將的。這必須要有機緣才行。

「有一天，我從瓦格蘭劇院回來——維爾曼[11]才在那裡被打倒在地上。那個時候已經很晚了，至少是凌晨兩點。我在一個紅燈前面停下來。我不想回家，你知道嗎……然後就在那兒，嘣，一個女士敲我的車窗，問我是不是有空。她年紀很輕，超正的。我呢，我說有空。不然咧？我像鳥兒一樣自由[12]。然後就這樣，她把後座的門打開。她叫做約瑟芬。」

拿破崙把這件事看成命運的一個徵兆。他的第二段人生將是做一個運將老公。

「當你想要改變人生，沒必要思考好幾個世紀。我就把拳擊手套放回手套盒，然後前進！我載過的人哪，我的可可，你想都想不到！有錢人、窮人、愛講話的人、沉默的人、年輕人、老人、難過的人、高興的人。討人喜歡的人、高學歷的討厭鬼。還有白痴。各種各樣的白痴。」

他最喜歡的就是從乘客那裡聽到他不能向任何人透露的祕密，而自以爲似乎比任何人都更了解他們。

「我載過剛當爸爸的人，或者要進醫院的人，還有浪跡天涯逍遙法外的人。有的人笑，有的人哭。」

一開始，有一些乘客認出他。他們曾在一些地方看過他打拳擊賽。或者是在報紙上看過他的照片。他還爲乘客簽名。人們問他關於被洛基打敗的那場詭異的比賽。他有點想念拳擊的世界，但是他認爲洛基的去世是一個徵兆。那代表他自己也該脫下手套了。而這一天，在瀰漫的油漆味之中，他補充說：

「有一天你會明白的，可可。我這一生最大的快樂都多虧了洛基。」

他說的快樂是什麼呢？他用很特殊的嗓音說話，讓人無法繼續追問下去。

「我們太嚴肅了，」他說，「來點音樂吧，我的可可，好讓心情愉快些。帶著喜悅和好心情工作很要緊。開始新的人生時尤其是這樣。」

我打開收音機，克羅德・弗朗索瓦的歌聲從油漆筒之間迸發出來。

我在你生命裡

我在你懷抱裡

11 法國拳擊手羅柏・維爾曼（Robert Villemain, 1924—1984）。

12 有空、自由，皆可以同一法文 libre 代表。

拿破崙開始哼起歌詞，一邊跟著節奏揮動油漆刷。他每過十五秒把油漆刷浸到大大的筒子裡，一邊微微地扭腰擺臀。他在醞釀著什麼。然後剎那間，開始了！他踮著腳旋轉身子，最後穩穩地用岔開的兩條腿站定，然後擺動著油漆刷，在整個房間裡畫出一連串的螺旋。他的頭往後仰，又用手連續做出各種轉圈的手勢，手臂往空中舉高，動動他的手肘，彷彿努力飛起來。他抬起一邊的大腿，抖動另一隻大腿，在原地跳起來，扭動他的臀部，接著把臀部往後推。他的胸膛就像長了毛的美麗克羅黛特[13]，像一隻河馬那麼優美。

「看呀，可可，有看到嗎！」

他轉動著肩膀，抬高下巴，往前走、向後退，最後在原地轉圈。

我再也沒有像隻梭魚
那樣的慾望

「梭魚……」拿破崙用和聲跟著唱，同時把嘴巴張得大大的，而且用目光跟隨一道想像的陽光弧線。

我崇拜得啞口無言。他全身都是肌肉，但卻像隻大昆蟲一般削瘦，他舞動著，腳跟踩向地面，兩隻手在背後交扣，然後再往上打開。

「你舞跳的超棒！你在哪學的呀？」

「在百老匯！」

他用幾秒鐘把牛仔褲往上拉到肚臍上方，然後補充說：

「等一等副歌，精彩的還在後頭呢！」

副歌開始了，像溜滑梯一樣高低起伏著，而拿破崙舉起手臂左右擺動，像是在揮別似的，跟隨著亞歷山卓的美人魚的永恆旋律[14]。

「窩窩窩！」他應聲唱著。

13　法文的女性名字克羅黛特（Claudette），其男性版本即爲克羅德，而克羅德・弗朗索瓦表演時搭配的女舞團舞者也統稱爲「克羅黛特」。

14　歌名《亞歷山卓・亞歷桑卓》（Alexandrie Alexandra），即由亞歷山卓的地名和法文女性名字亞歷桑卓構成，「亞歷桑卓」的男性版本「亞歷山大」（Alexandre）呼應所指涉的埃及城市名字。這首歌的歌詞也以亞歷山卓城爲背景，並提到當地碼頭的美人魚。此外，在歌手和歌曲背景方面，兼具法國和義大利血統的克羅德・弗朗索瓦本身是在埃及出生的，而這首單曲可以說是他的遺作：發行於一九七八年三月十五日，恰是歌手觸電身亡過了四天之後舉行的葬禮日期。

「你眞投入呀，爺爺，」我高喊，一邊放聲大笑。「你眞是隻無敵的梭魚啊！你是第一，你是皇帝，永遠沒有人能打敗你。」

就在這個時刻——就像我不久後跟亞歷山大述說的——我眞的覺得自己面對著一個永恆的人。一個一直陪伴著我的人。一個在我的整個生命裡都比腕力贏過我的人。有些人你就是無法想像他們不存在，而拿破崙就是其中之一。

突然間，我僵住了。

「等等……」我高喊。「小心……」

太遲了。拿破崙全神貫注在他愈來愈大膽的舞步，而把腳踩在一長條壁紙上，上面沾滿了濕濕的黏膠和油漆。他就像在溜冰場上一樣地滑開來，倒在集中在房間中央的家具上。

克羅德·弗朗索瓦不爲所動，繼續拉開嗓門高唱：

今晚我發燒了而你卻凍僵了

今晚我跳、我跳、我在你床上跳舞。

可是爺爺，他呢，他躺著扭動四肢，像隻再也無法在原地站好的蟑螂。我放聲大笑，但卻馬上發現這陣毫無音色的笑聲在房裡淒涼地迴盪。

「爺爺，你還好嗎？」

「別這麼叫我。」

我就像拳擊場上數時間的裁判，節奏分明地高聲說：

「一……二……」

「停停，小子，該由我來數。」

「數什麼？」

「我的骨頭。我覺得好像一半的骨頭都散了。從外表看上來，我沒有損傷嗎？」

「是啊，我覺得。」

梭魚……克羅克羅繼續引吭高歌。

「你不會想封住克羅克羅這個大呆瓜的鳥嘴嗎？他用他的梭魚搞得我們煩死了。」

又是一陣沉默。爺爺似乎真的很慘。他緊咬著牙齒並發出微微的哀怨呻吟。

「等等，可可，扶我站起來。別讓你的皇帝倒下。他的情勢不利。敵人突襲了我們。你看吧，只要一不小心然後就……」

「我們會反擊的。」

「你很對，不要落入悲觀。我們可不是軟罕丸哪。」

我試著把他抬起來，可是他太重了，我怕我會害他粉身碎骨。在地上的他似乎很微小，幾乎還沒有一個小孩那麼大。

「去拉那個油漆筒。我想把腳給抽出來。」

在場的我並沒有注意到他爲了試著重新恢復平衡，而一腳踩進了剛才卡住他的油漆筒裡。我用雙手握住筒子，使盡全力把他的腳抽出來，可是沒有用，拿破崙整個人的重量都栽進去了。

「好吧，可可，在這種情況下我們怎麼做？」

「通常，我的皇上，我們會依靠盟友。」

我從他的眼神和皺起來的眉毛看出，他試著想了一遍所有能前來幫助他的人。但是宮廷裡空蕩蕩的。他所有的伙伴都走了。他最後很冏地說：

「他呢，你覺得？『軟罕丸』？」

「我也看不出還有什麼別的解決辦法。」

「你眼睜睜看著我打給他求救？我欸？」

一片陰沉的光籠罩著整間房屋。像這樣在整修中的房屋裡，一部分的牆上亂塗著油漆，地上鋪滿壁紙和石灰碎片，看起來荒廢冷清。約瑟芬彷彿已經離開這裡幾個世紀了。光線暗下來，而大片的陰影像幽靈一般在屋子裡四處遊移。

「我們該怎麼辦，我的皇上？我們打給爸爸？有時候還是要懂得收起自己的傲氣。」

「不如拿杯水給我吧，這會更有用，然後我就看得比較清楚啦。」

他喝了一大杯水，但是情況並沒有好轉。

「眞是個大白癡，這個克羅克羅！都是他害的。梭魚個屁！」

他此時顯得很蒼白，一層汗覆蓋著他的額頭。

「你不舒服嗎？」我問。

「才沒有呢。反倒是，我想我的脊椎斷成碎片了，我的可可。如果你在什麼地方看到一段脊椎，就把它放到旁邊——那是我的！」

我假裝在我周圍尋找，然後坐在折疊梯的一層上面。

「你爲什麼不肯打給他呢？」

「『軟罣丸』？又是他啊？」

「你會損失什麼呢？畢竟如今，我們落入陷阱裡了，而我認爲我們需要支援。」

「那可不，一刻鐘之後我就站起來了。然後我們今晚去打保齡球！」

「我有個主意，那我們丟銅板來決定。」

「好吧，」他說，「如果是反面我們就不打給他，那如果是正面的話……我們也不打給他！」

他突然爆笑了一聲，但這笑聲幾乎立刻轉為一陣嘀咕：

「他為了要把我遣送到一間他們那設備完善的安養院……我很清楚他在收集情報……你知道他這個人，他慢慢來、按部就班地做。而如果我不留神，有一天：喀啦！他會把我給逮住。甚至還來不及說『喔』，我就淪落到一間他們那種老人營裡，裡面都是內褲的味道。我才不想跟老人在一塊兒。我要留在這裡，然後自己一個人處理事情。一個人跟我忠誠的副官，直到……一直到……」

「一直到？」

「一直到人們不會再來煩我，對啦。你要去哪？」

「去收藏室，別動。」

「真可惜，我打算去舞廳呢！」

我關上這個年代的門。我聽到拿破崙急促的呼吸。我聽見群眾的吶喊。往皮膚上敲打的拳頭。它們在空中揮舞。摩擦著地板的軟鞋。我直視著洛基的眼睛。我從很小的時候就認識他了。我感覺到他似乎對我說話。我不認為那場比賽有作弊。我認為拿破崙支撐不住了。可是拿破崙不可能撐不住。拿破崙迎擊到底。拿破崙絕不放棄。拿破崙是我的皇上，而我也一樣，我永遠都不會放棄。如果他對我說謊，那是因爲他有他的理由，我愛他還有他的謊言。我想要洛基跟我解釋。

「啊，你回來了！」拿破崙喊說，「我以爲你掉進洞裡去了。像你這樣的蝦米，掉進洞裡也不令人意外。」

我蹲在他的身邊。

「皇上，噢我的皇上，我們沒辦法靠自己脫身！必須找人求救。」

他憤恨地看了我一眼，我彷彿被他咬住脖子似的。

「我怕，爺爺，」我喃喃地說。「我爲你害怕。」

他如此溫柔地微笑，令我感到就要融化，而且熱淚盈眶。他咕噥著：

「你是對的，一個好士兵應該懂得承認自己害怕。打給他吧。可是要盡力維護你皇上的尊嚴。我們暫時撤退，就這樣。我不求救，我不會意志消沉，我主張結盟。」

「鐵定的。策略性的結盟。」

「對啊，不賴嘛，這個——策略性的結盟。我們讓敵人卸下防備，我們用煙燻他們；我們捲土重來的時候會更強！你知道喬・路易斯嗎？」

「不曉得。」

「他是個美國人。他呀，就是對這個在行。假裝撐不住，好讓敵手卸下防衛。」
「嗯，好，我們呢，我們也這樣做！」
「是的！我們要教『軟罣丸』卸下防備！」

❖

爸爸立刻掛斷電話，他幾乎毫不意外。
「我就來，」他嘆息著說。
已經穿好衣服而且手裡拿好車鑰匙的他，彷彿一直在等這通電話。爸爸應該正在開過來的路上的半小時裡，我試圖了解拿破崙和爸爸爲什麼長年以來這麼疏遠。我原本預期我的皇上會拒絕回答，但是儘管在這種局面下，他卻似乎很開心：
「我想要把他培養成一個好人，我原本很希望他對事情的態度認眞些，可是你眞該看看他在拳擊場上的樣子，那眞是笑死人了……他就像這樣待在那兒，手臂沿著大腿垂下來，然後往身邊四處張望……全場的人都笑翻了。我眞是丟臉死了，於是我放棄啦！」
「你想要他像你一樣？」

他猶豫了幾秒之後回答我。

「不，」他說，「我並不想要他像我，可是我總還是不希望他跟我差這麼多；他只對奇怪的東西有興趣，對算術、化學、文學。還有郵票！家裡到處都是郵票！還有他拚命看完的所有書，老天爺啊！我甚至不曉得他有那麼多——那些書本。在我去市立賭馬場參加三重彩的時候，欸……就得把他留在圖書館裡，你知道那種人。他死氣沉沉的，也從不打架，可是呢，他一有作業要寫的時候，就滿是衝勁地撲上前去……我帶他去看拳擊賽，可是他才到第二回合就睡著了，而當他醒過來的時候，竟開始哭哭啼啼的，說他的幾何學落後了。就好像是他列出了一個清單，上面寫著所有會讓我高興和驕傲的事情，而偏偏就跟我唱反調。實際上這是我的錯，可可。」

「你的錯？」

「是啊，他走偏了。我應該更嚴密監督他的出勤，更威嚴一些。值得慶幸的是，你八成會比他發展得更好，似乎隔一代就好了，這種倒楣事。」

他因為疼痛而哀叫了一聲，接著抬起一邊的眉毛：

「你算術得幾分？」

「算術嗎？滿分二十，我拿三分，爺爺。」

他往上豎起大拇指。

「你最後一次聽寫呢？」

「三十七個錯，還不算寫錯的重音！」

「不會吧？你這是在吹牛！」

「沒有啊，爺爺，我跟你保證！」

「你有固定做作業嗎？」

「有，爺爺，超固定的：我從來不寫作業。」

「那處罰咧？」

「從這個學年起已經有六次囉。」

「不賴，不過你可以做得更好。你讓爸媽在作業簿上簽名嗎？」

「從來沒有耶，爺爺。」

「你用什麼技倆呀？」

「我用描圖紙仿造媽媽的簽名。」

我的謊話逗得他很開心。他相信嗎？這不重要！

「你是不朽的！」我高聲說。

「不是開玩笑的吧？」他低聲含糊地說。

他的臉又皺了起來。

「我的皇上，」我說，「再跟我說……」

「又是這檔事……」

「說嘛……」

「可是這已經至少五十次了……好吧，那麼……但這可是最後一次……」

在一個我不太確定的年代，爸爸經常在一大群專業人士面前登台演說。在這些演講裡，談的都是數字、百分比、曲線圖、投資……

「像這種東西呀，可可，無聊透了！甚至還教人想哭咧！」

爺爺送給爸爸一個漂亮的黑色領帶當作生日禮物，而爸爸從這個舉動裡看到一種和解的意圖。

「謝謝你，爸，」他很感動地說，「我明天就會把它戴上，我會戴著它出席演講。」

「嗯，我還會去聽你演講。」

「真的嗎，爸？」

他想必很高興看到拿破崙終於認真看待他的職業。但那其實是一個戲弄整人的領帶，在光線昏暗時會顯現出一個螢光的裸女，像隻美人魚那麼嬌嫩。爸爸在前來聆聽他演講的一大群銀行家和傑出人士之間贏得了諷刺的熱烈迴響。演講廳裡傳出一陣竊竊私語，接著響起了一陣笑聲。然後，他變成了所有人眼中的那個戴螢光領帶的銀行家。

爸像頭公牛一樣氣沖沖地回到家，準備要砸掉所有的東西。

「這一回，你羞辱了我！全都完了。」

「羞辱，馬上就口吐髒字啊，」拿破崙說。「你總算讓人捧腹大笑一次啦！」

這個故事使我內心有一種傷心難受的感覺。儘管如此，我還是不禁一而再、再而三地要我爺爺講這個故事。我想像爸爸想到拿破崙終於肯關心他的領域時的喜悅、他在聽眾面前的丟臉還有他的失望。而我爲他感到一陣心揪。

這一天，或許是因爲我覺得這個日子象徵了我們生命中的一個重大階段，我問我的皇上：

「可是實際上，你到底爲什麼這樣捉弄他呢？」

「我自有我的道理，」他乾巴巴地回應我。「在這個事件之後，我放棄了。我了解到完蛋了，我全都搞砸了。」

「全部，什麼全部？」

他讓我覺得他幾乎就要哭出來了。傳出了一陣引擎聲。一扇門砰的一聲關上了。

「啊，他來了，」拿破崙低聲說。「如果是要看我倒在地上，這個啊，他可是不會遲疑的。」

「然後，後來呢，事情怎麼樣了？」亞歷山大興奮不已地問我。「說呀，說啦！」

「我們陪他到醫院。他不想待在那裡，你眞該聽他在走廊上叫罵！他高喊他只需要兩顆阿斯匹靈就好了。」

「那實際上呢，很嚴重嗎？」

「他的脊椎骨折了。可是他呢，他什麼都不想知道，他說那是腰痛，而爸爸一手策劃了一切，透過賄絡醫生要把他關起來。」

「那你的作業、你的分數、你被罰，都不是眞的吧，嗯？」

「不是，那不是眞的，正相反呢。我喜歡的是當我把作業寫完，就把它從我的作業本上劃掉。可是當我跟拿破崙在一起的時候，你看，我就像變了一個人似的。彷彿我就像他一樣。我很想自由還有衝去冒險。我覺得讓他知道我像他，這令他舒坦，而且帶給他希望。」

「那句點呢？」

「句點啊，牠在我家。我們才不會把牠單獨丟下呢！我媽媽畫牠，她說這是個很有耐心的模特兒。」

亞歷山大停下來，把手伸進外套的口袋裡。他總是穿一樣的衣服：同樣的天鵝絨外套、同樣的磨損及膝長褲、同一雙鞋底磨平的舊球鞋，而我猜測他家八成不是很有錢。

「你說的眞好，」他對我說，「再拿一顆彈珠吧。」

然後他突然把目光看向地上。一隻小昆蟲在他的舊球鞋附近游移，他用兩隻手指頭抓住牠。

「可憐的東西，」亞歷山大說，「牠掙扎，牠孤伶伶的。不論什麼人隨時都可以把牠踩扁。」

奶奶的來信

我的乖孫子：

我的孫子啊，我離開已經有一陣子了，而我決定用寫信跟你說我的近況，用電話不方便，有很多事我們會忘記，而總是在掛電話之後想說噢，我本來應該說這個，這個還有這個，至於寫信則需要花時間，的確必須選擇用詞，去買郵票和信封，然後投進郵筒，這幾乎是一整套的運動，可是反過來你也曉得我不太會用標點符號，我的句點完全不標準，可是你還是看得懂，錯字也是一樣，盡量試著當作沒看到

我承認我確實有時間，很多的時間，我甚至都不知道該用這時間來做什麼，如果我能把我多餘的所有的時間都賣掉那我就會是個大富婆了，起初那幾天我並不知道我有所有這些時間可以運用，情況甚至剛好相反，我自己連閒下來一分鐘都沒有，我東奔西跑，得打理房子，整理我所有的大大小小的東西，在花園裡種一些東西然後拔掉其他的東西，我甚至連思考的時間都沒有，沒時間想你那個駱駝，或者想你，或者想到任何人，甚至也沒空想到我自己

過了一個星期已經沒事情做了，我開始覺得難過得要命，我起床時這麼覺得然後睡覺的時候也一樣，在醒跟睡之間我則哭個不停因為當我們獨自一個人的時候，回憶就像可怕的敵人，但是當我們是兩個人的時候，回憶則是好朋友，我大哭到了我以為在下雨的地步，於是我得自己振作起來，

你知道嗎你祖父可不是那種我們彈彈手指就可以忘掉的人，當我們曾經和一個性情大起大落的人一起活過這一生，當這一切停擺，還可真怪，得去看看哪裡有破洞並且動手修補，到處都是裂痕，

儘管他比較是那種讓人很累的人和老自私，但他還是個讓人不禁愛一輩子的傢伙，但是可別以為事情像你以為的那麼單純，我可是很清楚他那瘋瘋癲癲的腦袋裡裝了些什麼，而你有一天也會明白。

於是我就把觸角往外面伸，我試著重新去找從前的姐妹們，她們大都到我不知道的地方去了，我在墓園找到了三個，但很難跟她們聊天，最後在這一帶只剩下兩個姐妹，她們正好就是世界上最難搞的兩個人，我在學校的時候就受不了她們，我開始去她們家喝茶，其中一個放屁放個不停，我敢跟你保證她每兩分鐘就放一次，我再也無法忍住不笑，而在放屁之間的間隔她說所有人的壞話，男人，女人，老人，甚至還有動物，在這個時候，另一個則每十秒鐘發出像馬的鳴聲

一邊說：「我吃得下一整塊燉肉。」她滿腦子想的只有大吃，這個女的，從燉肉到放屁，我真是受夠了，於是我決定再也不去了。

講到動物，為了讓自己有事做我於是開始參加賭馬三重彩，我每天早上喝著一杯奶油咖啡一邊填著彩券表格，我從前永遠不會想到有一天竟然會做這種事，關於馬，我一無所知，我隨機地填了填，目前還什麼都沒有贏；昨天我想要買一份專門的刊物來了解一下，那種給白痴的三重彩指南，我在刊物架上翻到了一本，然後一到家我想好好研究，可是那完全不是一本關於賽馬的雜誌，甚至完全沒有關聯，一定是有人把它放回去的時候放錯地方了，裡面都是小廣告，為了找伴，不是狗，不，而是男人，一開始我想要把它拿回去，我找的可是一匹馬，而不是一個男人，可是我很不巧看了第一則廣告，接著看第二則，然後一直到半夜我還在看。裡面有老人，年輕人，小孩，大人，有錢人，窮人，什麼人都有，他們為了讓人家接納而說：我是這樣的人，我是那樣的人，我喜歡這個，還有我不喜歡那個，你無法想像，當你進入裡面你就再也出不來了，就像被催眠了一樣。這個東西每個星期二出刊。而明天正好就是星期二

緊緊擁抱你，

愛你的祖母

PS：如果這隻拿破崙駱駝問你有沒有我的消息，乖乖地跟他說沒有，我很清楚他有一天會打給我，可是我希望不必等到一個世紀以後，不然到時我們都沒有什麼話可說了

PS 2：我覺得寫p.s.很潮

PS 3：如果你遇到發明句點的那個人，替我對他吐舌頭。

11

拿破崙的病房位在醫院的頂樓。透過打不開的窗戶，可以看到一片寬闊的景色。一列火車沿著塞納河畔行駛，河流則在樹木茂密的山陵之間蜿蜒流過。更遠的地方是一片籠罩在霧中的視野，從中可以隱約看到一座機場的跑道，在空中作響的飛機接連朝著那裡飛去。

我爸爸付給醫院一些追加的費用，好讓拿破崙住在單人病房，並且立刻就請人連接房內的電視頻道。爸爸一到醫院，就建議拿破崙打電話給約瑟芬。

「如果你告訴她我進醫院的話，我勸你還是趕快拔腿就逃吧。就是你，你根本沒什麼強項，可是說到羞辱我，這個啊，你眞是冠軍！只要是你覺得可以把我壓下來，你就點子一堆。眞是豺狼虎豹。」

我在爺爺住院的第二天去探訪他，而他連跟我打招呼都沒有，就說：

「只要一關係到封住我的嘴巴，你爸總是第一名。如果是在戰爭的時期，他鐵定會跟蓋世太保舉發我，我很確定。」

「你打過仗？」

「才沒呢。宣戰的時候我人在美國，於是我就留在那裡。我腦子可還是很清醒的。我才懶得管他們那些芝麻小事呢。我很喜歡揮拳頭沒錯，但是只跟紳士打架。」

「你是在那邊認識洛基的嗎？」

「是啊，在戰爭剛開始的時候。我們在同一間拳擊室練拳。」

他是如此消瘦，以至於幾乎和被單融為一體。可是滿頭濃密白髮的他眞美。他把頭轉而面向窗戶那一側。

「你知道嗎，可可，當我們有點閱歷的時候，就像我這樣——我不是說當我們老了，嗯，而是當我們到達——比如說，某個成熟度的時候，很多事情都顯得很詭異。」

他往窗戶那邊伸出一隻手臂，彷彿是要靠自己站起來，手臂則像是被藏在天花板裡的滑輪裝置提起來似的。

「這些不停地開來開去……每五分鐘經過這裡的小艇、一台接著一台開過去的飛機，還有所有這些車子來來往往……老天，我很納悶人們為什麼這樣地到處來來去去。他們到底有什麼緊急成這樣的事要做，你曉得嗎，可可？」

「不曉得。」

這個結論令他感到愁苦。在他還是個運將的時候，他就老愛觀察他的乘客，想像他們的人生還有他們移動的原因。每一年，我生日的那一天，他都開計程車載我，而且會打亮計程車的招牌燈。

「您有空嗎？」人們最後總是問他。

「有，那您呢？」他回答。

這個問題使乘客驚愕不已，久久無法平息。在途中，我們在世界語的掩護下談論關於我們剛才載上來的顧客的臆測。他從哪裡出來？從他情人的家？那這個人呢，他是做哪一行的？葬儀社？賣雨傘？怎麼知道呢？失靈的計費器一直停在0000，於是拿破崙完全隨心所欲地開價。客人從來都不抱怨。車錢則進了我的口袋。

「慶祝你的生日！」

他對這個當時故障的計費器心懷怨恨。多年以來，他都乖乖地重新把它安裝好，而它的滴答聲讓他簡直快瘋了。他覺得這個愚蠢的機器彷彿在算時間。

「有一天，我用鞋子用力打了它一下，你眞該看看的，它沒有抗議。絕對不要任憑自己給計數器宰割，把它們全部弄壞，不然它們會逐漸侵蝕掉你的生命。」

讓他遺憾的唯一一件事，就是從來沒有讓句點坐在他身旁的乘客座位上。此外，住院的他也開始想念句點。

「就是這樣，」爸爸對他說，「你用不著生氣，醫院不讓狗探訪病人。」

「La senkojonulojn oni pli ĝuste malpermesu!（比較該禁止的是軟睪丸吧！）」

「他說什麼？」爸爸問。

「噢沒什麼，」我回答，「他只是說不要緊。」

就在第二天，我爲了讓拿破崙分心、不要鬱鬱寡歡，而帶了媽媽畫的句點的圖畫給他看。牠從側面擺出姿勢，帶著諷刺的眼神，而且讓人覺得牠似乎忍住不笑。牠看起來彷彿就要開始吠出聲音，而且牠的鬍鬚就要開始顫動。

「眞高興你來了，可可。你看到了，句點好像要搖尾巴了。你要我跟你說明白嗎？你爸爸配不上她。」

「誰？」

「你的媽媽。如果我有個女兒，噢，那麼我會希望她就像你媽媽。主要是她的話不多，這在女人身上很少見而且令人讚賞。然後她的圖畫……當你能畫得像她一樣，那就不需要說話了。而且人哪，總是話太多。她呢，這一點她很清楚。」

又過了幾天，不久後他光看圖畫也無法滿足，而很想實際上看到牠。

「即使遠遠地看都好，拜託。我只有靠你了。確實只有你。你可是我唯一的盟友。」

於是我經常帶句點一起過來，然後帶牠在停車場散步。亞歷山大・羅柯吉克陪我一起遛狗。有一天，他開心地用他的鴨舌帽幫句點梳毛，而我滿確定那是我頭一次聽見他笑出聲來。一陣坦率而清脆的笑聲往上升到高高的空中。

拿破崙可以從很靠近窗戶的床上觀察到他的寵物的動態。句點很快就對停車場的沉悶景象感到厭倦，最後在那裡拉了一團大便。牠抬起鼻子和嘴，彷彿在找尋牠主人的窗戶，然後牠望著在遠處下降的飛機。而如果有車子開過來，牠立刻就側著身子躺下來。

過了十多天之後，我們讓爺爺安坐在輪椅上。自從他住院以來，在他心中縈繞不去的憂愁現在變成在他的根性裡的反抗。他像被關在籠子裡的獅子一般在房裡轉來轉去，一邊抱怨所有的事情。從伙食到電視節目，一樣都不放過：

「我的可可，這裡都是內褲的味道！然後這個部門的實習醫生嘴巴臭到教人受不了，前所未見，眞是了不起啊。他微笑的時候，卻讓人覺得像是在放屁。他應該去報名參加比賽的。然後還有電視上的節目！無疑的，他們一定是幫我接到一個特殊的頻道，害我無聊的要命：沒有西部片，一場拳擊都沒有，沒有保齡球賽重播，半台汽車都沒有，也沒有任何裸女。眞該死！電視上光只會談經濟、危機、股市！眞是給『軟睪丸』看的電視啊！」

以他的說法，醫院的這個部門在我爸爸的指使之下把他強硬扣留下來。

「他們會全部一起讓我提早跟閻羅王報到，我的可可，」他嘆息說。「而且啊，他們早就開始了。你知道嗎？他們要限制我的飲食！」

「眞下流，」我回應。

「再也不能吃到香腸，你曉得嗎？而這一切就只是因爲腰痛。」

「是骨折，爺爺，而且還有你的脊椎。」

「還不都一樣。就因爲這倒楣的腰痛，他們就要把我給遣送，我告訴你……治療我？屁咧！他們其實是要把我給關起來！你爸爸，他用拖延戰術，就爲了找到他那個養老院。我很確定他有一堆簡介，按照價格分類。還有如果他們想治療我，就不會禁止我吃香腸了。」他很愛吃串在一起的橘紅色小香腸。他用迷人的眼神看了我一眼。

「也許你可以做點什麼？做點溫情的事兒，好嘛，來個十幾根小香腸。」

「一言爲定。但是同時仍然不能掉以輕心，還是得節制點！」

「你認爲洛基，他呢，他會節制自己嗎？而且他任憑自己被普通的腰痛給擊敗，這樣地告別拳擊擂台？不，不，他迎擊到底。像這樣，啪啪啪。」

在這次的探訪中，我了解到爺爺對洛基的了解遠超過他直到那時爲止讓人以爲的程度。他們甚至在戰爭時期住過同一個房間，當時拿破崙滯留在大西洋的另一邊。他們分別睡在上下舖。想像他們一個人睡在另一個人上面，很有意思。

在洛基出生的十年前，他的父母從義大利來到美國。他們的出身很悲慘，生活在艱困的處境裡，過世的時候也很困頓。他們唯一的快慰就是兒子的誕生，而他們唯一的勝利就是戰勝差點使洛基在一歲的時候喪命的肺炎。

拿破崙認爲洛基是從他對父母的困頓處境，和險些將他擊垮的病的回憶中，汲取他源源不絕的征服精力。彷彿他的人生應該是一場永無止盡的報復。

「就是這個貧窮和疾病，造就了他身爲洛基。他的眞名是羅柏托。」

而爺爺有一天低聲對我說這些話，概括說明了他如何跟洛基產生關連：

「一個拳擊手能給另一個拳擊手的東西，你知道嗎，洛基給了我。」

我不敢過問他指的意思是什麼，但是我的想法也一樣：一個爺爺能給予孫子的一切，拿破崙都給了我。而且他彷彿明白我的思想似的，對我說：

「謝謝你，我的可可，沒有你的話，我真不知道該怎麼辦呢！我不知道帝國將變成什麼樣子。噢，幫咱們打開收音機吧，我們要培養內涵。至少這沒什麼害處。」

我們清楚聽見主持人的聲音，很清晰、令人平靜。一千年後，同樣鼓舞人心的這個聲音必然將一直提出相同的問題。我等著觀察拿破崙的反應。他隱約地露出微笑。

「藍色的問題。維克多・雨果一直活到幾歲？」

我們聽到參賽者竊竊私語，但無法達到結論。

主持人低聲對他們說：

「他活了很久，我們敬愛的維克多・雨果……」

「七十五歲！」一位參賽者試著猜測。

拿破崙咆哮起來：

「這就是他所謂的很久嗎，這個蠢蛋？」

「嗳不，是八十三歲……維克多・雨果是一位很高齡的先生……」

現場的觀眾熱烈鼓掌。

「幫我把這個關掉，」拿破崙怒罵。「很高齡……亂講話！這個小鬼頭！他的身體鐵定很差。有時候他應該被賞幾個耳光，那個叫什麼的！旅行原本可以對他有幫助。他八成開始覺得悶了。」

一個護士推開了門，她前面推著一個小醫療推車，上面放著繃帶、敷料、溫度計。

「醫護的時候到了！」她宣布。

「談到醫護，」拿破崙咕噥著。「她又要塞坐劑給我了。」

他把輪椅朝向洗手間的方向滑過去。

「您要去哪裡？」護士問。

「去尿尿。這也禁止嗎？」

他才剛回來，就高聲宣告：

「我告訴您，我的副官不會離開這個房間。如果您試圖暗中把我給關起來，那可不成。」

這位女士聳聳肩，然後準備各色各樣的藥丸，把它們拿給我爺爺，並且面帶笑容地給他一杯水。然後，她趁著我爺爺一不注意，把溫度計插進他的嘴裡。

「通常，」她低聲對我說，「這不是放在嘴裡，但至少這樣的話，他幾分鐘之內都會安安靜靜的。你爺爺，他是個過動的人，他這樣的人很妙地跟他的名字相稱。」

拿破崙轉動著憤怒的眼珠。憤怒，這是好現象。

終於，這位年輕的女生把溫度計拿起來看：

「四十一度！奇怪，他看起來身體很好！」

「小姐，我很高興聽您這麼說。」

然後他轉向我，補充說：

「Belas la flegistino, ĉu ne（這護士，她挺不賴的，不是嗎）？」

「他說什麼？」這位年輕小姐問。

「噢沒有，他說您人很好。」

當她整理床鋪的時候，拿破崙突然向我示意要我靠近他。

「我的可可，我眼睛有點不舒服，告訴我，你能告訴我那邊——看到嗎，在護士的襯衫上面寫些什麼？」

「在襯衫上面？」

「對，在右邊的胸部上。」

「上面寫著老年醫學，爺爺。」

他的眼神突然僵住了。他的眼珠彷彿被圓珠取代了。他變得蒼白。他的嘴變得薄而且生硬。

「眞他媽的，你確定？」

我點頭表示肯定。

「爺爺，你怎麼了？」

「別這樣叫我，現在眞的不是時候。」

出現了暴風雨的前兆。他像刀鋒般銳利的眼睛彷彿緊緊地勾著護士的襯衫。

「小姐！」他高喊。

「是的，先生？」這個年輕小姐嚇了一跳。

「您那邊寫著什麼，在那裡？」

他的手指觸及護士的襯衫，並且往後勾繞。

「這裡嗎？」

「對，這裡。此外，難不成您還重聽嗎？」

我心想拿破崙會不會是亂了陣腳。不知所措的年輕小姐遲遲沒有回答。

「我等，」拿破崙繼續說。「此外，我純粹只做這件事。不過我跟您說，我的耐性可是有限的。」

「這裡啊？嗯您看得很清楚，上面寫著老年醫學。」

我的爺爺交叉著手臂。他的表情深不可測。

「就是我的部門，這有什麼！我從事老年醫學的工作，所以上面寫著老年醫學。」

「我識字。謝謝。」

她似乎在替自己辯解。

「是嘛，嗳，小姐，您如果願意找一本辭典給我，我會很高興的。」

「一本辭典？啊我懂了，爲了玩猜字遊戲節目用的。總決賽延後了嗎？」

「不是的，小姐，是爲了直播節目『我停止嘲笑別人，不然就糟了』。」

她一邊納悶著自己做錯了什麼，一邊走了出去。

「你了解的，」拿破崙說，「那不是針對她，而是有些東西必須要搞清楚。還有弄明白。立刻。之後情況就會改善了。」

十分鐘之後，護士把辭典拿給拿破崙。

「我是從您的鄰居那裡借的，他用這個來玩最長的字謎遊戲。」

拿破崙偷偷地瞄了我一眼。

「Alkroĉu vin, Bubo, forte skuiĝos（撐住，可可，有大事要爆發了）。」

然後他轉了輪椅的輪子一圈，前進到護士身旁。

「別和我訴說您的人生，小姐，也不要訴說我鄰居們的人生，我才不管這些呢，然後您自己查老年醫學。」

她翻著書的頁面，一邊微微吐出粉紅色的舌頭。

「老年醫學……老年醫學……在這裡！」

「請唸出來。除非您連這個都不會！」

「好吧……照料年長的人的醫學領域。」

她抬起鼻子，然後天眞地笑。

「您看到了，這源自希臘文。嘻嘻。意外吧，不是嗎？從辭典裡學到的東西，眞令人意想不到啊。您滿意了嗎？」

拿破崙的手指緊握著他的輪椅扶手。他的太陽穴上浮出幾條粗大的青筋。

「您眞的想知道我怎樣才會滿意嗎？喔，他媽的天殺的，那會是、那會是搞清楚我在這個老人科裡幹什麼！」

面對這個威脅要把一切都扔向天花板、將近八十六歲的海盜，護士眞的不知道還能怎麼辦；而且他繼續叫罵：

「對，小姐，我想要知道我跟老呆瓜們幹嘛！我可沒有要您摘月亮給我，而只是請您認錯而已！就這樣！」

護士邁著大步離開病房。在窗戶後頭，落日將寬廣的景色籠罩在紅暈之中。我的皇帝似乎忘了我的存在，而逕自坐在輪椅上，往空中揮舞著拳頭，彷彿擊打著消逝在廣大帝國原野中的太陽。

12

大約兩個禮拜之後，主任醫師找我爸爸會談。他是位非常忙碌的醫生，所以說起話來毫不拐彎抹角，寧可一口氣把真相說清楚講明白：

「波納爾先生，我就直說吧：要繼續留他在我們這裡是不可能的。所有醫護人員都已經瀕臨崩潰，再過不久，我看連我們自己都要到精神病院報到了！」

接著他就說起爺爺的豐功偉業，這麼精彩的內容，我可一點都不會錯過。

拿破崙會用氧氣筒在走廊上打保齡球、找其他病人挑戰腕力，當護士進他病房時，就不斷開起下流的黃色玩笑，不久甚至開始追著要把手放到她們的屁股上面。

「最誇張、最誇張的是，您知道嗎，他還會把所有看起來像計數器的東西都搞壞。他會邊把它們歸零，一邊喊著：『混帳！』昨天晚上，配電箱又跳電了，我想我應該不用說明是爲什麼了吧！」

的確，拿破崙所到之處總是充滿了高速追撞、陣陣爆笑與羞憤的尖叫聲。

「昨天他還闖進手術區大叫：『看來沒有我，大家在這裡玩得可開心啦，嗄？』」

「你覺得這很好笑嗎？」爸爸瞥見我怎樣也壓抑不住的一抹微笑時向我問道。
「不過我們必須承認這的確令人有點……難以置信，」媽媽含蓄地咯咯輕聲笑道。
她的眼神充滿笑意，一隻手擱在我的膝蓋上。
「呃，就我看來嘛，」爸爸聲明，「這一切不過一般般有趣罷了。」
「對護士們來說，」醫生接著說，「也不是說……但的確滿逗趣的。我自己的話，有時候也必須努力忍……呃，我到底在講什麼呀，不好意思，我肯定是累了。但總之，經過保齡球事件後，他可能眞的會讓我們通通都完蛋！你們確定他的出生年月日沒有塡錯嗎？可能差個十年、二十年之類的。」
「沒有錯，」爸爸說。
「因爲他實在精力旺盛。超乎常人地有活力。原則上，從八十歲起，尤其像他經歷過那樣子的事故，行動都被限縮在一張輪椅上後，人們大都開始放掉一切、追憶逝水年華。他們會把心思用在整理一些細碎的瑣事上，但他的話，您知道他最新的計劃是什麼嗎？」
「呃……是……什麼？」爸爸含糊地問道。
「聽好囉：他說要給自己買一台摩托車。」
爸爸的嘴巴漸漸張大。

「摩托車？」

「一點也沒錯。他說既然都是要用兩輪來移動……他目前在一台六百五十與一台八百C.C.的重機之間游移。他說五百C.C.以下的車是給……」

「軟罣丸的？」爸爸試著接話。

「沒錯。」

總之，我們必須找出一個解決方案。拿破崙是個大麻煩。於是在一間位於商業區的中國餐廳裡，我的爸媽討論著皇帝與他的帝國的未來。

「我們其實沒有太多選擇，」爸爸一邊說，一邊用筷子夾起一顆水餃，「我是有一個想法，但他聽了肯定不會喜歡。」

「你是說去養……」

「對，養……」

媽媽一臉愕然，嘴都歪了。

「我實在不太能夠想像他在那裡的樣子。而且你要怎麼跟他講，說：『爸，我有個消息跟你說，我們要送你去養老……』」

「好好，停了，不要再往那邊想了……」

爸爸的手指突然用力綳緊，餃子便從他的兩根筷子之間滑掉飛走，最後掉進水族箱裡，繞著圈圈沉了下去。一位服務生向爸爸示意在這裡禁止餵食動物。

「再說，這樣子還眞是可惜，」爸爸又開始說，「因爲他本來可以在裡頭過得好好的……看看布朗須先生。還有朵琵庸太太。他們在那兒過得可好了，都被呵護、照顧得無微不至。你知道，就是那間在學校對面的老人之家啊，別緻又清幽。」

媽媽以一個微笑回應爸爸。別緻、清幽……對我爺爺來說，這都是些太過綁手綁腳的字眼。

我的皇上說的果然是對的。他完全料中了敵人的勾當。

「就是這樣吧，」我說，「你們就是想遣送他！」

爸爸聽著驚跳起來，一根筷子插進了他右邊的鼻孔。血汩汩流下，他用他的餐巾堵住鼻子。

「什麼遣送他，不要亂講！我們不是想遣送他，我們只是希望他可以在一個專門的單位得到悉心照料，在那裡有人可以照顧他、娛樂他。而這事兒——順帶一提——可還眞是所費不貲啊！」

彷彿爲了發洩他的憤怒，他激動地吞下一顆水餃，並開始狂熱地咀嚼，發出有點噁心的

「噗——嗤——噗——嗤」聲。突然間，他僵著不動；在他的餐巾持續吸滿鮮血的同時，他盯著我打量，就這樣靜止不動了好幾秒鐘。接著他突然和緩下來，問我說：

「李歐納，你至少知道，遣送[15]某個人是什麼意思吧？」

他直視著我的眼睛，而我則像一隻上鉤的魚一樣，始終無法從他的目光裡掙脫。

「嗯……事實上……」

爸爸嘆了一口氣，接著把餐巾揉成一團。他與媽媽尷尬地互相看了一眼。

「親愛的，遣送一個人，」媽媽說，「就是當我們強迫他離開自己的家、甚至離開他的城市，爲了要把他給關起來。」

「你看吧，」爸爸說，「根本不一樣嘛！」

「那麼那個人之後會怎麼樣呢？」我問。

「那個人將被剝奪一切。有人會來把他的財產通通沒收。他會遠遠離開，跟所有他愛的人遠遠分開，並且再也見不到他們。」

15 法文的「遣送」（déporter）在歷史上也特別用來表達「遣送到（納粹）集中營」的意義。

剎那間，我的心裡突然浮現亞歷山大的臉孔。

「我們爲什麼要這麼做呢？」我又再問道，「爲什麼？」

爲什麼？她向我說起戰爭，以及過去那些像可怕的節拍器一般在歐洲縱橫行駛、載滿所有那些再也沒有人見過的人的火車。

她的話在發聲的當下就彷彿蒸發了一般，而我並不記得她所說的全部；然而她那句「他會遠遠離開，跟所有他愛的人遠遠分開」似乎已像雕刻大理石那般深深地刻印在我的心底了。

服務生向我們走來，帶著一個小工具。他將它塞到桌布底下，來清理桌上的殘渣。

「這還眞方便啊，親愛的？」爸爸嘀咕道，語氣突然輕快了起來。

服務生一離開我們去應付其他的任務後，媽媽便轉身朝爸爸的方向探去。

「假使說我們就直接把他接過來住幾個星期呢？」她有些畏縮地問道。

「住我們家？」爸爸說著皺起了他的眉毛。「妳確定？」

他的眼神裡混雜著動搖與懷疑。

「他正在逐漸康復，」媽媽堅持地說，「而且，親愛的，你也許可以藉這個機會和他拉近關係啊。」

「但是他自己不想跟我拉近關係嘛。妳看，像上次的領帶事件，我都還餘悸猶存。像那樣子的拉近關係噢，還眞是謝囉。」

他露出他的喉嚨。突然間，我們可以在他的臉上瞥見一副幾乎童稚的表情。

「妳知道嗎，事實就是，他從來都不怎麼欣賞我。那我又有什麼辦法呢？我就是從來都不喜歡揮拳，更別提說每個週末都還要去被打歪鼻子。」

他朝自己的面前試著揮出兩記沒力的小拳頭。

「唯一有可能讓我討他歡喜的事，也就是：砰，砰，成爲一位拳擊手。而這個事實不會在他八十六歲的時候就突然改變。也不會在他五十歲的時候改變。」

媽媽把手放在爸爸手上，只淡淡說道：

「時光不會復返。拿破崙不會長命百歲。」

奶奶的來信

我的乖孫子：

嗯，我上次說到哪了？啊對，說到了每個星期二出刊的雜誌，最近經過我這裡又回去馬德里學丹麥文的姪女說，這是一個可以讓我振作的好點子，但根據她的說法，還是得小心，她說：「妳不知道妳可能會遇上誰，假如妳碰到一個想把妳切片的變態哩？」

可是就因為我一直謹慎小心，結果我始終沒辦法下決定，而且裡面有那麼多的人，搞到最後他們好像每個人看起來都一樣，那就好像當你想買一台車，你永遠不會知道究竟要買穩定、耐操的基本款，還是那種有附加配備，但比較脆弱且不牢靠的型號。

總之，我還是從中選出了三個不同的款式，並把他們依照喜好的順序排列，就像在押賽馬一樣，我給他們三位寫了一封信（完全相同的信，只更動了姓名），寄給第一位的信被退還回來，上頭蓋印說「已不住在上述地址」，至於第二位呢，他不說好也沒說滾，只是純粹就是從不回應，不過，在一個星期後，我則在信箱裡收到了第三位的回信。

這位先生呢，我跟他見了面，我有多麼怯場，你一定沒有辦法想像，他邀請我到一家中國餐廳，然後我們吃的都是一些捲起來、包起來、簡直不可思議的東西，最後他們為我們端上幾個冒著煙的白色捲子，像可麗餅那樣，我咬了一口，艾德華（這位先生的名字）就放聲大笑，那原來不是可麗餅，而是濕毛巾。用來讓妳擦手手的，艾德華跟我說，我不知道中國人原來會在餐桌上洗手，他一直笑都停不下來，然後還說這讓他覺得很舒服，他都快忘了像這樣笑一笑能帶來的效果了，據他所說這可能意味著某些事情：對啦，意味著他在嘲笑我嘛。

好消息是，我明顯觀察到他一點都沒有要把我切片或切條的意思，於是我就跟這位正人君子的先生去散了步，我得知他在退休前開了一家五金雜貨店，而當我向他說明自己並不如他所想的那樣是個寡婦，而只是因為我八十五歲的拳擊手老公想要重獲新生所以就被掃地出門時，他剛開始還以為我在跟他開玩笑，還說寡婦是什麼奇怪的想法，我可從來不曾這樣想過。當然啦，當你爺爺還這樣生龍活虎得讓人難以置信時，我們不太會去想這類的事情，這位先生，我下禮拜還要跟他見面，這次他要帶我去吃一家日本餐廳，對了得說說他當年是專門賣筷子給亞洲人，再跟他們收購火柴的，反正總之，就因為他那什麼寡婦的白痴事兒，我現在腦裡盡是一些陰鬱的念頭，於是我就開始織毛衣給你爺爺，我知道你很愛他，那麼請好好照顧他和他的新生活，但尤其不要跟他說我有寫信給你，因為對重獲青春的他來說這肯定很煩人，二十歲的青春本來就已經很脆弱了，八十六歲可就更不容易了。

想你的奶奶。

13

「住你家？」拿破崙用乾扁的聲調問道，「我沒聽錯吧？我的聽力該不會也開始出問題了吧？這麼快？就在我這個年紀？」

我爸爸站到他的面前，雙腳踮起腳尖。每當爸爸尷尬的時候，我時常會看到他不自覺地做出這個動作。

「沒錯，住我們家。」

「你們突然起了這樣的念頭？」拿破崙問，「還是你們從哪裡的百寶箱裡抽到了這個點子啊？」

「呃就是，現在你的精力也差不多快恢復了嘛。」

「哼，等哪天我需要你來管我有沒有力的時候，我再跟你說吧。話說回來，你倒眞的需要管好你自己的大屁股……」

突然，拿破崙的目光轉向地上。他面露笑容。

「啊對了，在我考慮的同時，我想跟你說呢……我一直很受不了你們家的一個東西。」

「只有一個？」

「不只，但比所有其他的東西都還令我受不了的，就是你穿的方頭皮鞋。」

我爸爸看向他的腳。搖擺著雙臂的他看起來眞的很像一個忘了綁鞋帶被人提醒的小男孩。

「你用不著否認，我知道你一直都很愛方頭皮鞋。但我嘛，我實在覺得我會生出一個穿方頭鞋的兒子是一件很奇怪的事。好啦，講完了。你可以回答我一件事嗎？」

「我想可以吧，」爸爸有點困窘地回答。

「你有用腳踢過別人的屁股嗎？」

「我不知道。我想想……但是，爲什要問這個呢？」

「嗯，因爲被你踢的人一定有一陣子會拉方形的屎吧！」

面對笑到歪腰的拿破崙，爸爸無言以對。他只是呆呆地站在窗前，雙手插在褲子的口袋裡。他的面容隱約映現在玻璃上，與窗外高底錯落的景致融合在一起。拿破崙恢復正經，動身到兒子的旁邊，他的輪椅的輪子發出陣陣的摩擦聲，兩人的視線跟隨一架飛機降落的軌跡滑落。我坐在床上看著它們的背影：那癱坐在輪椅上的拿破崙，和踩著方頭皮鞋站得直挺挺、試圖博取某種幻想的優越的爸爸。從背後看上去，他們兩人似乎比從正面看起來更不相像。

「還眞奇怪啊，」拿破崙喃喃說道，「所有這些繞著圈圈不停打轉的人們。」

「是啊，的確，」爸爸回答，「眞怪。」

我很確定媽媽一定能在一瞬間透過她的畫筆捕捉到這幾秒裡懸宕在兩人之間的默契，並且傳達出其中包含的特殊溫存。

「然後，」爸爸突然說道，「我還有另外一個想法。可以找一位看ㄏ——我是說一位女的陪伴者……」

拿破崙沉默了幾秒，彷彿在等待一架飛機消失在雲端，高高地在天上，接著含糊地說：「這個女的陪伴者，她漂亮嗎？」

❖

伊蓮的履歷可說是無懈可擊；她曾經參與某種專門負責看管一些——大多上了年紀的——不受控人物的團隊，同時也從事各式各樣的武術運動，包括柔道、柔術、空手道、跆拳道、泰拳、以色列防身術、日式踢拳和瑜珈。她因此完全精通如何駕馭別人和自己。她用這些舉動來證明：把雙手交扣放在腹部上、閉上雙眼，接著發出幾秒的持續低沉鳴聲。

「從來沒有任何人可以讓我失去冷靜，」她在和我們會面的那天說道。「即使是最冥頑不靈的那些人也終將被我制服。他們會和我一起回歸到清靜的大海。因爲我懷抱著……幕府大將軍的精神！」

她的頭幾乎要陷進肩膀裡，那使她心情好的時候看起來有點像一隻刺蝟，或者在張牙舞爪的時候像一隻鬥牛犬。人們往往難以判斷她究竟是二十歲還是五十歲。

「您還是得當心，」我爸爸和她說，「您的對手可是重量級的！記住他還叫做拿破崙，這可不是個好兆頭。」

「我應付得了，」伊蓮聲明。

「我們單純希望您能使他接受，到了八十六歲，人都會需要幫助，而且是沒有辦法自立更生的……只請您能讓他明白他已經很老、非常老了，而且不會長生不老，這樣就夠了。」

伊蓮看起來相當平靜。媽媽待在客廳的一個角落飛快地揮舞畫筆，快到幾乎看不清她的動作。

「包在我身上，」伊蓮說，「一切都已經紀載在大捲軸[16]裡。不到一個月，包準他自己會來請您送他去養老院。我採用日本幕府大將軍的祖傳戰法：孤立、包圍、壓制敵人。」

「還是要請您當心。他，則是會橫衝、直撞、再窮追猛打。」

「而且尤其，」她眼睛直直盯著爸爸說道，「尤其我會將他催眠。像一隻面對獵物的蛇一樣。

哼哼……相——信——我吧！」

「哎喲，您的眼神的確是很奇特。我被看得好不自在，渾身發軟。」

「看吧！您可以準備開始替他在養老院預留位置了！但請記住了：在我發出指示前請一次都別來探望他。因爲幕府大將軍的精神就是，孤立、包圍……再壓制敵人。就像這樣。」

她伸出雙拳掐死面前一隻隱形的獵物。

接下來有超過兩週的時間，我都沒有聽到爺爺的消息。每次我打電話過去，接起話筒的總是伊蓮。她會讓我說我的，之後只是回答：

「我會幫你轉達。」

16 大捲軸（le grand rouleau）的說法來自狄德羅（Denis Diderot, 1713-1784）的小說《宿命論者雅克和他的主人》（Jacques le fataliste et son maître）。小說的主角雅克和他的主人在對話裡不停敘述、評析諸多紛亂龐雜的故事，同時他又相信「我們在這人世間遭遇的一切幸與不幸都是上天注定」，已經被記載在一個「大捲軸」之上了。伊蓮藉此「命定論」的典故表現她對制服拿破崙抱有絕對的信心。

伊蓮正在進行孤立。

她中性的聲音裡沒有透露一絲感情或情緒。

「那……他還好嗎？」

「我們一起走在那條路上。」

「那條路？」

「通往清靜之海、永無止盡的智慧之海的道路。幕府大將軍的肚臍在我們上方閃閃發亮！」

有幾次，當我經過他的家門前時，透過窗簾我可以依稀看見伊蓮推著的他的輪椅的形狀。

我猜想他們正面對面坐著，在一張桌子的兩側。

伊蓮正展開包圍。

冬令時節已經到來。我們得把時鐘往回調慢一個小時，日光愈來愈早消逝。爸爸在一份日曆上計算著日子；每一天的過去都令他充滿希望，桌上則堆滿了養老院的廣告。

「等她終於抵達了那個什麼之海的時候，」爸爸有一天晚上說道，「我們就可以通知約瑟芬。他們兩個再乖乖地一起去一個漂亮又溫馨的小地方。」

伊蓮在壓制敵人。

❖

冬天這個季節不但寒冷、灰暗，而且令人悲傷。我很想念我的皇帝。他則非常想念句點——伊蓮不願意照料牠，顯然是怕孤立政策的施行不夠澈底，或者怕幕府大將軍被牠給咬傷。句點也很難過，整天守在窗戶前盼著主人歸來。當夜幕降臨時，牠就會發出陣陣呻吟，彷彿明白在與主人重逢前還必須耐心地等待。而每當牠聽見汽車的引擎聲時，牠就會裝死。偉大的演員有時還是難以出戲。

我時常和亞歷山大一起遛句點。而假使有時候我不再清楚我們三個之中究竟誰才在遛其他的兩位，我總仍感覺得到有一條隱形的韁繩將我們緊密連結在一起。我們是三位潰不成軍的潦倒士兵。亞歷山大總是和他的奇特帽子形影不離，雖然事實上，與其說是一頂眞正的帽子，那看起來倒更像是一副嘉年華頭飾，或是一頂哥薩克獵帽。

亞歷山大有時會缺席一整個下午，他在班上的座位空無一物。他都跑去哪裡了呢？他絲毫沒有解釋缺席的原因。基於從一開始就把我們連在一起的那心照不宣的默契，我總會小心翼翼地藏起自己的好奇心，但是相對地，其他人則毫不猶豫地就向他拋出一連串的問題。他始終不變的沉默爲自己招致了各種輕視與懷疑的風波，而各種最不可思議的謠言也開始圍繞著他而傳開。

每一次蹺課之後，他都會帶回來一些小東西，他把它們小心地藏起來以免其他人看見，但會特別優待讓我看，它們是精緻的金紅色徽章、足球員的小卡或其他這類的小玩意兒。有一天晚上，我不加保留地讚嘆說：

「眞漂亮啊，你的鑰匙圈！」我跟他說。「我也好想要一個一樣的。你眞是幸運。」

「也許我的確很幸運，」他喃喃說道。

我明白他也沒辦法再多說什麼。

我始終無法精確地掌握把我和亞歷山大・羅柯吉克連結在一起的到底是什麼。他視若珍寶的那頂不可思議的帽子？那些隱藏在他的沉默背後呼之欲出的悲痛？他對昆蟲異常的熱愛？或單純只是因爲他對拿破崙所有的冒險所表現出來的興趣？他像在等待著一集又一集不應該、也不可能有結局的連續劇一般地期待著這些故事。對我來說，似乎只有他才懂得這些故事，而我們兩個人就足以使它們免於被遺忘。

畢竟我的確孜孜不倦地向他描述昨日的搏鬥、觀眾的大吼大叫、更衣室的孤獨與套好招的比賽。我帶他參觀布魯克林的訓練室，並且介紹拳擊手們的招式。我會加油添醋、潤飾並且美化這些故事。我爲他虛構了拿破崙流亡美國的時光，以及他和洛基在生命中的交集。我們跟著他們一起沿著百老匯大道走下。我也告訴亞歷山大說我們用不著擔心，拿破崙一定會變得更強大，他會抓住幕府大將軍的弱點，然後回來與我們重聚。

然後亞歷山大也總會從他的口袋裡掏出一顆新的彈珠。

「你說得很精彩，拿一顆吧。」

❖

我現在更常待在家裡；一個星期天晚上，媽媽給我看她在這些年裡畫下的我們生活裡的一幕幕小場面。有些時候她是在當場捕捉實景，其他時候則任憑她的畫筆循著那像記憶一般頑強而模糊的弧線而勾勒。

「還有這個，你記得嗎？」她問我。

那是爸爸發現拿破崙送給他的領帶的時刻。在畫紙上，他驕傲地拿著領帶。他的眼睛像一個正拆著聖誕禮物的小孩那般地閃閃發亮。媽媽是不是特別強調了他感受到的喜悅呢？

「這個的話，則是隔天，在演講過後。整個氣氛都變了！」

怒火中燒的爸爸揮舞著那條領帶，爺爺則噗哧大笑。我們彷彿可以聽見爸爸的憤怒，以及我的皇上愉悅的笑聲。

然而很快地，當我看著一張又一張的圖畫時，我發現到一件令我愕然的事情。拿破崙老了。他的皮膚在媽媽細膩地觀察下逐漸生出皺紋，他的臉龐向內凹陷，他在第一張畫裡曾垂直俐落的雙肩則漸漸下垂呈圓弧形，就連他的雙眼，那閃耀而懾人的雙眼，也隨著一頁一頁地過去變得黯淡無光。凝結在現實裡的時間躍然紙上，難以捉摸和駕馭地流逝。對我來說，血肉之軀的他是如何的永恆而且無敵，畫裡的他就是那麼朝生暮死，脆弱得不堪一擊。

14

在接下來的幾個星期裡，季節漸漸地從秋天轉入冬天，我爸爸在每個星期六都會收到一份伊蓮親自放進我們家信箱的詳細報告。

他獲勝了。拿破崙已經和緩地踏上那無垠清靜之海的海岸。爸爸甚至已經提前開始品嘗這勝利的滋味，而我則爲此感到忿忿不平。

「她還眞是有一套！亞洲人的智慧、老子這些有的沒有的——全都白說了：只會把頭腦給搞糊塗。不過事實也是這樣嘛，都八十六歲了還有什麼好戰鬥的呢？在他那種年紀，我們不可能再戰鬥了。我們會變得明理。這就是生命的歷程……叛逆已經被拋到腦後了。」

這些話語在夜裡像禿鷹一般盤旋不去。我夢見一座森林，裡面的樹木毫無來由地搖擺著；縱使平靜無風，但那裡所有的大樹卻抖動著，接著便像骨牌一般一根推著一根，全都在屈從的沉默中傾倒了。我們——句點、亞歷山大·羅柯吉克和我——徒勞地奔波在樹幹之間，試圖使出我們所有微弱的力氣把它們撐起來，但於事無補，它們全都莫名其妙地倒下了。最後只剩下一整片荒原，以及置身在中間的一位孤獨而憂鬱的皇帝，追憶著自己的過去。

我突然從夢中驚醒。

我嚇得渾身都是汗。

❖

某個星期三，電話響了。當時我才正要起床，媽媽則已經在她的小房間裡畫畫，好像整個晚上都沒有離開過那裡似的。我接起電話。

「我需要和我的副官說話。」

我感覺到自己的雙腿在顫抖。我的心如此猛烈地跳著，幾乎就要把我的胸口炸開了。

「我的皇——上？」我遲疑地問。

「正是。L'armeo disiĝis sed la imperio saviĝis（我軍雖然四散，但至少帝國倖免於難）。」

「你搞定她了？」

「沒錯，不過她是個頑強的敵人。幸虧我成功對她重新施展了我向艾謝瓦里亞[17]使出的最後一擊。你還記得嗎？」

「當然哪，就是虛空對角線！」

「沒錯，你讓對手以爲你不存在，讓自己變得透明，然後就在對方以爲你完蛋了的時候，啪，最後的關鍵時刻來一記魚雷重擊。」

「你太強了。那麼，我們會繼續戰鬥囉？」

「那當然！我戰鬥，故我在。快過來找我，我需要活動活動筋骨。」

我用跑的直奔到他家。

「她人在哪裡？」我問他。

坐在輪椅上的拿破崙有些費力地穿上他的黑皮衣，再戴上毛線帽。他以極爲講究的姿勢用腳把「天生贏家」弄到膝蓋上，接著用下巴指了一指走廊的盡頭。

「在廁所？」我大叫，「你把她關進廁所裡？」

「對。我知道，這稱不上是太高明的自衛手段，是有更高段的作法，但有些時候啊，爲了挽救戰局，所有的伎倆都是允許的。來吧可可，我們走……」

「你要把她留在裡面嗎？」

17　菲律賓裔的拳擊手喬・艾謝瓦里亞（Joe Echevarria）。

「給她個教訓嘛！」

她一定有在聽我們的對話，因爲我們聽到她從走廊的盡頭大喊著：

「孔子說過，智者『威武不能屈』。」

祖父立即回嘴對應說：

「哲人能適應狹小的空間。」

安靜了幾秒鐘。

「老子說的？」伊蓮以猶豫不決的聲音問道。

「錯，是拿破崙！」

我不太費勁就成功地把他推進寶獅 404 的前座。在發動車子前，他向我問道：

「句點呢？牠還好嗎？」

「牠負責監督後衛部隊。」

「很好，非常好。帝國有你們兩位守護就鞏固了。」

在保齡球館，坐在輪椅上的拿破崙排場盛大地進場也夠令人側目了，但人們仍然都只向他喊道：

「眞開心見到你啊，皇帝！老球道嗎？」

他堅持要穿上他精美的球鞋。我有一點猶豫。不，他是認真的。他的腳握在我手裡感覺起來好小。

「用力綁緊，可可。在鞋帶上打兩個結！」現在，我們只需要見機行事就好了。他在車子裡都已經跟我解釋過了。

「推吧，小寶貝！」

我在木地板上推著他的輪椅。它幾乎一動也不動。輪胎在上漆的木頭上發出巨大的摩擦聲。

「快一點！用力一點，媽的！」

我跑了起來、滑倒、磨破了膝蓋，接著再爬起來追上輪椅。我們最後終於成功地一起向前全速衝刺。我用一隻腳踩住煞車，輪椅往側邊滑動了一下。

「去吧，孩子！」拿破崙說著，並且擲出「天生贏家」。保齡球瓶彈飛起來並且爆出巨響，就和祖父的笑聲一樣響亮。自動的機械設施重新佈置好下一局的比賽。喳喀——噠。

在打出兩次全倒之間，我們到一個矮几旁喝可樂。他很愛喝這個會讓他想起美國的飲料。

「這腰痛煩死人啦！」他說。

「沒事啦，爺爺，休息一下就好了。」

「你知道最令我受不了的是什麼嗎？」他問。

我吸著可樂搖頭。

「就是現在，你幾乎都快跟我一樣高了。」

我拍了拍他的肩膀，站到輪椅旁邊。

「應該是更高吧，你看啊！」

「那倒不一定。你踮腳站，所以這不算。而且我的輪胎還有點沒氣了。你這樣可是會讓我想到你爸哩，在那邊踮腳尖站像在跳舞一樣！不過呢……」

他把手肘撐在桌子上，在空中動了動手指，要我把手伸過去。

「你不敢嗎？」

「那怎麼可能。」

我們的手緊扣在一起。我們的肌肉緊繃。手掌對著手掌彷彿直到永遠。我們的雙眼凝神對視。我盡力地抵抗。不，其實我甚至不必到抵抗的地步。我發現我的皇上並沒有在演戲。我從他的眼裡覺察到一瞥不安的眼神，他立刻試圖用一個悠哉的笑容把它抹除。他已經卯盡全力、咬緊牙關，而我則還有力氣。我的力氣還綽綽有餘。我只消再多使上一點點的力，就足以把他扳倒。但是突然間，一股巨大的悲傷湧上我的心頭。換我來演戲了。我放鬆所有力氣。我的手像以往一樣被放平。

「所向無敵，」我說。

我們被籠罩在一股尷尬的氛圍中。

「答應我一件事，可可。」

「你儘管說。」

「拜託你永遠、永遠、永遠都不要穿方頭皮鞋。」

在我們的周圍有無數的球瓶倒下，同時響起打球的人興奮的叫聲。爺爺用他的吸管搜尋杯底僅存的最後幾滴飲料；他皺起一邊的眉毛，接著露出一個放鬆的神情。在他雙眼的周圍，一隻隻微小的蜘蛛伸出它們細細的腳。

「你有聽到你奶奶的消息嗎？」

「完全沒有，爺爺。」

「別這樣叫我。怎麼說……」

一位服務生過來收走我們的杯子。拿破崙則打斷了講到一半的句子。

「……她太誇張了！」

「她太誇張？這話該是你說的嗎？」

「對啊，就這樣子消失不見！」

我在想他是不是在開玩笑；但並不是，他看起來非常認真。他的視線威嚴地逡巡過整個球館，以及那些在球道上踩著碎步丟出保齡球的人們。

「看到她了嗎，我的可可？」拿破崙說，指著他像抱嬰兒般捧在雙臂之間的那顆保齡球。

「看到了。『天生贏家』。」

「嗯，她之後就是你的了。你可要好好照顧她。」

❖

兩天後，爸爸收到我們的看護寄來的信。他預料到會從她那裡聽到的各種消息——除了無條件投降之外，於是開始放聲唸出信的內容，對幕府大將軍的智慧有著滿懷的信心。

「先生，我可以向您保證，我至今已經遇過十幾個老人，但像您父親這樣子的真的是十分罕見……他是獨一無二的案例……其實也幸虧是如此，畢竟如果他們是十萬大軍的話……」

爸爸皺起眉頭，緊咬嘴唇。他不安的雙眼飛快地瀏覽過整封信。接著，他的聲音一點一滴地漸弱，臉色愈趨蒼白，彷彿流乾了鮮血一般。

「而事實上，這還不算什麼，因爲您知道嗎，隔天他就闖進我的房間，然後……」

他幾乎快昏倒了；他的雙腿顫抖著，得扶著一個桌子才不至於跌倒。媽媽用她手裡的平底鍋替他搧風。他仍努力地用他顫抖的聲音繼續往下唸。媽媽則越過他的肩膀看著信。

「……於是當一切恢復正常，我就向他解釋拳擊手套和搖滾樂都是與幕府大將軍的哲學相抵觸的。我知道，我不該這麼做的（請理解，當時的我已經到達極限，也疏於運用智慧），但我最後眞的只能把他當成一個老瘋癲來對待。而那時他對我說的話，我簡直沒辦法向您重複，那就像一記魚雷一樣打在我肚子上……他對我說……」

「太過分了！」我爸爸總結說。

總而言之，這位徵凶專家宣布她要到南方去；她不希望再碰到像我爺爺那樣澈底反抗一切的狂徒。她在信的結尾極爲溫和的句子向我們保證說，她除了怪自己之外，並不怪任何人，而只單純地爲拿破崙無法從幕府大將軍的智慧中獲益而感到遺憾。她祝福他長命百歲，也保證慈悲大度的幕府大將軍仍然會關照他——即使只能從遠方。

爸爸把信揉成一團，往屋裡扔去，就像一位投出遠傳球的守門員。

「一切又要從零開始了！」他嘆了口氣，然後呢喃著說。

約瑟芬人在遠方終究也好。

奶奶的來信

我的乖孫子：

說真的，日本人他們超精明的，可是他們心機之重令我難以想像，你知道嗎星期六晚上艾德華帶我去吃一間日本餐廳，因為你也曉得，他很懂亞洲的東西，那間餐廳所有的菜名結尾都是i，他們端來一盤切丁的魚，魚上面什麼都沒有，既沒有醬料也沒有奶油，而且連餐具都沒有，你也了解我的個性我就請他們全都拿回廚房因為一點都沒有煮熟，也沒有調味，而且我認為即使他們一副彬彬有禮而且面帶笑容的樣子，可是他們其實沒有把別人放在眼裡。

艾德華跟我說明那是很精緻的千年美食廚藝，不是一下子就能習慣的而且得下一番功夫才行，我說好吧可是我完全搞不懂，經過一千年最後竟然只做出生的魚……而如果我們現在要配得上吞下去的食物還得補習，我不知道必須有文憑才能吃東西。

經過了幾天前看起來像可麗餅的熱餐巾和昨天的生魚肉，更別說我誤以為是大根牙籤的那些筷子了，於是我在想這位先生兒是不是跟我胡扯但是表面上裝懂；吃飯吃到一半的時候，艾德華跟我解釋（他很愛解釋）說他太太兩年前因為肺裡面的一個東西過世了，我不記得那叫什麼，我完全不知道自己是怎麼回事（或許是放在魚肉上面那個很嗆的綠綠的東西），我竟然問他說她旅行是否愉快，於是他眼淚盈眶而我呢我則忍不住笑個不停，那很蠢可是我越努力克制就越失控，而我越失控他的表情就越憔悴，而看到他滿臉愁容令我捧腹大笑，我為了表示歉意就親了他的臉頰，然後他臉紅了，看起來很可愛。我們好一會兒都沒話講，那真令人受不了，於是我終於開口說很抱歉即使坦白說我沒那麼抱歉，我注意到你遇到狀況時總是用說抱歉來脫身（這一點可要好好記住）。

快吃完飯的時候，他問我喜不喜歡下棋，而我很喜歡這個，特別是我這一生跟著你爺爺都沒得玩，你知道他對橋牌、貝洛特牌或者惠斯特牌都不拿手因為他很沒耐性至於拼字遊戲他則從來連聽我說一下都不想，他說那是軟罣丸的玩意兒，有一天他為了討我歡心陪我到老人之家，結果他為了一點芝麻小事大發脾氣最後在那裡大吵大鬧。

總之下棋是艾德華的一個優點，我們喝了杯清酒，玻璃杯裡有一幅圖畫，而我滿臉通紅因為裡面畫了一個老二很大的裸男，我什麼都沒說因為我不想一副扭扭捏捏的樣子，這時候艾德華問我：「您愛下碁[18]嗎？」

這啥啊？我差點這麼問，但是我受夠了一直問問題，我簡直變成問號了，於是我說喜歡，一般來講說喜歡比較簡單，你說喜歡然後就天下太平，這你也要好好記著。「碁，」艾德華明確地說，「這是一種日本遊戲，是日式的圍棋，如果您喜歡的話，我找一天跟您解說，既然我們接下來要一起找樂子」，他跟我講話的方式彷彿我是個重病的病人似的而我心想他以為自己是誰，他說的「您」和他一副優越的樣子、像個老師的模樣惹得我很煩，你也看出來艾德華和拿破崙之間最大的區別，就是我才坐上你爺爺的計程車五分鐘他就用「你」跟我說話，至於艾德華，他呢，他即使過了好幾個星期總是還用「您」跟我對話。

我們繞著湖邊散步，但我莫名其妙地很想哭，我覺得你爺爺不在身邊讓我很孤單，而且我滿腦子都在想他，一到家我就接著打起之前開始打的毛線衣然後我覺得自己就像你爺爺的潘妮洛普[19]，艾德華答應下次帶我上一家韓國餐廳，他只想到大吃，真是不可思議，於是我在一幅地圖上找韓國在哪裡，它在很遠的地方，我的孫子啊，你看看，我在旅行。

我希望你完全沒跟拿破崙提起我的信，我一直回想起那個夜晚我敲他的車窗然後問他是不是有空，而且我也一樣有空，然後第二天我們各自都變了一個人，我遇到了「波納爾」（我從來沒看過有人像你爺爺這麼適合這個姓）你知道嗎，有時候我覺得都就因為拿破崙（當我想起來就覺得他真不講理！）我人生最後這段日子都會哭著過，而其他的時候則相反，我覺得他好像一直在我身邊，到處跟著我而我只要轉身就可以看到他正在對我微笑。

愛你的祖母

18 碁，日式圍棋，源自中國的圍棋。

19 荷馬所寫的史詩《奧德賽》的主角奧德賽斯（Odysseus，拉丁文爲「尤里西斯」）是伊塔卡（Ithaca）的國王，他長年在外旅行歷險，妻子潘妮洛普始終忠心地在家守候。她在面對眾多的追求者之際，以爲過世的公公織壽衣爲藉口，拖延時間。

15

我很確定，我們的生活將恢復到和從前一樣。它將完全一如往昔。就像我爺爺說的：只不過是出了個小毛病而已。他曾經重新站起來無數次，再多一次也不算什麼。

很快地，我和爺爺重新聚在一起的愉悅感就消退了；剝掉壁紙的牆面、始終堆積在室內中央的家具，還有充斥整個空間的潮濕氣味使我倍感憂傷。似乎有一個被遺棄的幽靈徘徊不去。剎那間，我頭一次感到我們其實敵不過現實。現實比我的皇上更強大，而即使結合了所有的人的努力，都無法凌駕它。

我突然很篤定地認爲，我們將永遠都無法使爺爺康復，而這種確定感、跟我父親一樣的想法令我羞慚。我對於長大，還有發現我們——爺爺和我——其實並非所向無敵而感到羞愧。

「欸，可可，你人不舒服啊？我們大有進展，不是嗎？我們大功告成了，嗯？」

「是啊，我的皇上，我們大功告成了。」

就這樣，隨著日子一天天過去，還有我們無濟於事的遲緩動作，我已經習慣於隱藏內心的消沉。有時候，拿破崙墜入沉默和衰弱之中，這壓得他蜷縮在扶手椅上，最後在上面沉沉睡去；他看起來就像是內在都被掏空了似的。

我跑到收藏室裡，想忘卻眼前的現實。

是我的皇帝把洛基的照片反過來面向牆壁嗎？如此面對牆壁的洛基的確死了。我召喚他復活，於是他再度看著我。血脈賁張的胸膛再度發出聲聲怒吼。他的出拳伴隨著低沉的聲響。洛基的拳頭絕非輕如鴻毛……他打出一記重重的勾拳……拿破崙顫抖著，但是又重新振作……面對他的洛基模仿舞者的動作，這激怒了拿破崙。

拿破崙落入對手的陷阱，沒能打出他拿手的虛空對角線。但是，他在各方面仍然都具有絕對的優勢，而洛基卻似乎每況愈下。對於這場比賽，拿破崙仍然穩操勝算。然而，就在中場休息之後，情勢卻逆轉了……洛基的姿勢威風凜凜……他站穩雙腳，展開進攻……我的皇帝倒在地上……裁判數著：一……二……三……而被擊倒在地的，是幾十年之後的我。

在某幾天，我的皇帝似乎恢復了元氣，顯得幾乎就像他向來那麼精力旺盛。我乘機問他一連串的問題，它們猶如在身體各處的撫摸那麼細膩而敏感，或者像右直拳般迅雷不及掩耳。

「我的皇上啊，你的訣竅是什麼？」

「我的訣竅？」

「你作戰的訣竅……」

「啊……」

他的嗓音在稍感寬慰之下顫抖著。

「那我就說吧，你看哪，可可，這個戰術是我精心研究過的，它很巧妙。你可要好好記住。」

「好。」

句點待在我身邊，彷彿明白主人即將揭露很重大的事情。

「也就是，比賽一開始的時候，我用盡全力地打。像這樣。」

他的拳頭似乎被活塞推動，在他面前揮舞著。

「比賽進行到一半的時候，我當然還是拚命打……」

「那最後呢？」我天眞地問。

「最後？我當然用盡全力地打。就像這樣！」

他的拳頭在牆壁上砰砰作響；他的輪椅倒退，在原地旋轉。

「你的拳頭還好吧？」我問。

「很好啊，怎麼了？」

「因爲那面牆壁呢，它不高興了，你看到了嗎？」

牆上被打出一道呈對角線的裂縫，灰泥的碎屑掉在地上。

我腦中始終想著他和洛基的最後一場比賽。時間過去愈久，我心裡就愈認定這場比賽不是作弊的，而且拿破崙並沒有像他原本該做的那樣迎擊到底。這當中發生了某件事，但是什麼事呢？這個謎讓我的舌頭猶如灼燙，於是有一天，我不禁開口問道：

「噢我的皇上，你當時爲什麼沒有作戰到底呢？」

「你說什麼呀，可可？」

他沒有等我回答，就打開了收音機。

「一千歐元競賽，」他說。「幸虧還有這個節目，它會轉化所有的可憐鬼和軟罣丸。噓，開始了！」

「我沒有講個不停，你才是。」

「噓。聽好，天哪。這眞是棒極了！這讓我想到有一個拳擊手，他總是在擂台上講個不停，談他的人生。然後嘰嘰喳喳、嘰嘰喳喳。」

「你看，你又來了。噓。」

「噓。」

「這是個數學題。如果把一個數字多加百分之二十五，那麼要恢復到一開始的數目，該把所得的結果減掉百分之幾？」

拿破崙轉向我。

「你呢，你知道嗎？」

「不知道。」

「百分之二十，」女參賽者表示。

「對啦，就是這樣，」拿破崙說。

「你知道答案？」

「完全沒概念。」

主持人接二連三地提出問題：一頭牛有幾個胃？莎拉・伯恩哈特（Sarah Bernhardt）是在哪一年出生的？必須回收幾個塑膠瓶才能做一件套頭毛衣？誰發明了引號？

爺爺答說「不是我」，然後放聲大笑。爲什麼我們拿起電話筒的時候說「喂」？

「也可以說『呸』啊，」拿破崙說，「只不過這樣比較不順而已！」

然後他關掉了收音機。

「大家都好有學問，眞不可思議啊！我才不信呢。我也要這樣，每天都丟出一個問題。」

他向我眨了一下眼睛，繼續說：

「提問題比回答問題容易。對吧？」

「我們重新上工吧？」我問。

他用有點驚異的眼神看了光禿禿的牆壁一眼，彷彿第一次看見它。

「眞是一團亂，」他單純這麼說道。「我在想這到底有沒有用，做所有這些事情。你也看到了，可可，我們忙來忙去，然後呢，我們甚至再也不明白爲什麼而做。」

「還記得吧，你想重新展開人生。你改變主意了嗎？」

「當然沒有。可是，也許就連偉大的征戰也有結束的時候。別擔心，我們要保衛前線！」

他往前伸出拳頭。

「還要竭盡所能，收復疆土。」

戶外愈加低垂的天光似乎帶進了微小的塵埃。整間屋子籠罩在陰影中。他撫摸句點的頭許久，然後雜亂無章地談起他在美國生活的回憶：地下室的爵士樂酒吧；在清晨跟洛基在百老匯區；我聽見他們走在柏油路上的腳步聲，還有他用來代步的那台哈雷重型機車的聲音。

「比起在法國，美國佬啊，他們對駕照的規定沒那麼麻煩，只要付個印花稅就行了。至於頭盔呢，大可以把它放在房裡當花盆。」

他講起賈利・古柏到拳擊場看比賽的那一天。

「不過，他並不眞的是爲了來看我打拳，但他還是有在衣帽間裡跟我握手。你至少知道賈利・古柏吧？」

我搖頭否認。他用力拍打輪椅的扶手。

「他媽的，不會吧，他竟然不認識賈利・古柏！也難怪現在整個世界都顛三倒四。」

他看起來震驚極了。我忍著沒告訴他，其實和我同年齡的人，都不知道賈利・古柏。這是輩分問題。他用手指比出像兩支小手槍的形狀，然後指向我。

「準備受死吧，比爾，」他扯開嗓門說道。

「可憐可憐我吧，」我哀求。

「不，比爾，在這個世界上我們勢不兩立。不是你死就是我活。而我心意已決，要喪命的是你。因爲我是在左輪手槍正義的一邊。」

他模仿槍枝走火的聲響，我接著倒在地上。他吹一吹想像的槍管上冒出來的煙。

「可可，從前牛仔就是這樣。眞正的牛仔。他們可不像現在那些軟罣丸。至於現在的演員哪，我們甚至分不出來他們是男的還是女的！」

他最後安靜了幾秒鐘，然後稍微打了幾個嗝。

「可可，」他說，「我需要你幫忙。」

「要幫什麼呢？」

他欲言又止。

「我累了。」

累了？從他口中聽到這個詞眞怪！他似乎修正自己的話。

「別胡思亂想了，我只是覺得有點沒力。我肚子有點痛。我開了一個沙丁魚罐頭，還沒吃完。而現在魚游回來了。這個罐頭有點生鏽了。那些魚也是。」

我在垃圾桶裡翻找。那個罐頭的製造日期比全世界所有的罐頭都更早。

「是賈利．古柏拿給你的呀？」

他笑了。

「下次不可以再這樣囉。來吧，扶我上床躺下。」

他撐在我的肩上，然後爬上床。他輕的像蝴蝶一樣。我用被單和被子蓋住他像孩子般脆弱的下巴。情況很奇怪，那是我頭一次覺得自己在照顧他。我湊近到他身旁。他有點稀疏的頭髮像絲一般細滑。

「我的皇上，我們要不要通知約瑟芬？你不想見她嗎？」

「她有寫信給你嗎？」

我遲疑了一下。

「沒有。」

「可可，你知道嗎，有件事我沒告訴過你。」

「關於和洛基的比賽？」

他沉默了幾秒鐘，我當時懷疑他是不是睡著了。

「不是，」他繼續說，「是關於約瑟芬。你知道，在我跟你說過的那個晚上，她坐上我的計程車。」

「嗯，我記得。」

「她跟我說：直直走，我們就會看到目的地了。我們停在諾曼第的一座海灘，那個地方叫做……啊，我記不起來了。她應該記得；她什麼都記得。她記得我們兩個的事。」

我親了他的臉頰一下。他的皮膚好柔軟。我走出屋外。空氣冷冰冰的，而我臉頰上的淚水化成了結霜的細流。

在我的睡夢裡，許多巨大的樹在無聲之中接連倒下。我在大清早醒來的時候，經常滿頭大汗。

這些夜晚之中，有一次，電話在半夜響起。爸爸從床上起身。我不知道那時可能是幾點，也不曉得時間接近夜晚還是早晨。我試著猜測在電話線的另一端可能是誰，可是爸爸幾乎沒有回話，或是低聲應答，所以我很難聽出他在說什麼。是我的皇上打電話來求救嗎？過了幾分鐘，大門被打開了，爸爸發動了車子。

車子發出的再也不是令人安心的引擎聲，卻像是宣布命運的敲三下。到了早上，我趁著早餐的時間跟媽媽說：

「媽媽，我覺得昨天夜裡好像有人打電話來。」

「你爸爸的一個員工出了車禍。」

「可是爸爸出去了，不是嗎？」

「是啊，他是爲了……去拿那個員工帶走的重要檔案。」

她的笑容和她的謊言一樣慘白。我出門去上學，憂心忡忡，緊閉著雙唇。我的腦中閃現最糟的畫面。

亞歷山大察覺我的不安。他把那頂鴨舌帽高高戴在頭頂上，帽子上的皮帶在陽光下閃閃發亮。我眞的從來沒看過有人戴這種東西。

他想引起我開口說話，可是我無心聊天。他手放在口袋裡，把彈珠搓出聲音，藉此引誘我，可是仍然無濟於事。他露出笑容，然後輕聲細語地說：

「有些事我們說不出口，但這些事很神聖。」

我當時感覺到，沉默緊密地把我們連結在一起，超越任何的話語。

下次一下課的時候，幾個男生跑到衣帽架前面，奪走了亞歷山大的鴨舌帽。他們手中握著搶到的戰利品，立刻衝向操場，一邊像蘇族人[20]般地高聲吼叫。亞歷山大就像被剝掉頭皮似地惶然失措，只吐出了一句：

「我就知道有一天一定會發生這種事！」

大家把那頂奇特的鴨舌帽傳來傳去，它就像在操場的塵土中翻滾的橄欖球，被用力地踢來踢去。後來男孩們累了，還用腳踐踏帽子，想把它踩爛。

「等一下，」我說，「你等著看吧。」

「算了吧！」他低聲說，同時試著拉住我。

但是我已經走遠了。我感覺到那個隱形人脫離了我，而我內在猶如拿破崙的一切能量在血脈裡湧動著。我接連打倒了三個人，而其他人則認爲最好還是去找別的事做，別管這頂破爛的鴨舌帽了。不論如何，那頂帽子也已經差不多毀了！

亞歷山大・羅柯吉克凝視著那頂帽子，眼淚盈眶。他把它往各個方向轉了轉，試圖重新恢復它的形狀，可是它現在不過只是一塊破布，原本鮮豔的顏色已經被一層灰塵掩蓋殆盡了。他的下巴抖動著。他聳聳肩並對我說：

「拿去，你的彈珠在這兒，這完全是你應得的。永遠別再拿它們去玩了。」

「如果你想要的話，你可以再保留它們一陣子。」

他笑著點頭表示同意，然後向我展現那頂原本是他從不離身的鴨舌帽，如今卻變成一塊花花綠綠的破布。

「看到了嗎？該丟進垃圾桶了。」

「不，別丟……我們會在聖誕假期去法國南部，去住我奶奶家。我確定她可以修補這頂帽子。給我吧。」

他猶豫了一秒鐘，然後伸手把帽子遞給我。我從他的眼神中看出，這頂鴨舌帽對他來說是多麼神聖而不可侵犯，一如我對我的彈珠的感覺。

---

20 蘇族（Sioux）是北美的一個印第安民族，其中一部分族人以獵捕和戰鬥聞名，下文提到的剝頭皮，可能指涉這些族人的行徑。

「我很確定媽媽對我說謊，」我說。「拿破崙應該出事了。」

❖

在放學回家的途中，亞歷山大和我走到一個電話亭，打電話到拿破崙家。但是沒有人接，電話在空中響了十幾聲。

我們後來幾乎什麼話都沒說，就分開了。

這個晚上，或許因爲我對他悲慘的鴨舌帽負有責任，又或許更單純是爲了驅走惱人的憂悶，我忍不住開始跟蹤他。他慢慢走著，手插在口袋裡，脖子往前彎，陷入沉思之中。他每走一步，掛在腰帶上的彈珠袋就在大腿上晃動。我很快就發現，即使他並非隨機亂走，但不論如何就是不想走最短的捷徑，反而樂於選擇最曲折的街道、一般人最不可能走的路線，還有重複走同一條路好幾次，而我甚至一度懷疑他是不是刻意讓人摸不清他的行蹤。

有時候，他的注意力忽然被某個東西吸引，而突然停下腳步、蹲下來，從口袋取出一小塊木頭，拿著它在地上來回移動。我了解到，亞歷山大在掩護他遇到的昆蟲：他把牠們引到一張長椅底下或引導牠們靠牆走，總之，就是到不會被人踩死的地方。我突然因爲跟蹤他而感到慚愧，於是驟然改走另一條路。

我匆忙地回到家，又開始擔憂起爺爺的狀況，於是決定去問媽媽，可是她不在。我躲進我的房間，整個人就像亞歷山大的鴨舌帽一樣破敗。

我聽見大門被打開的聲音。爸媽身後跟著一位精明而冷酷的女士，她的後腦勺上，是一雙交叉的中國筷子緊緊挽起的髮髻。她渾身散發著死板、生硬、尖銳的氣息。而這個髮髻是她全身唯一圓形而柔和的東西。

我很快就發覺那位女士是老人院的主任，於是大鬆了一口氣，這個反應令我自己大吃一驚。至少拿破崙還健在。我悄悄經過走道，試著透過門縫觀察事情的經過。

「我向您保證，在我們這裡，您的父親將受到妥善的照顧。我們擁有很能幹的員工，而且他們都準備好因應任何狀況！」

「這個老人和其他老人不一樣。他雖然身體不好，可是一點也不認命。例如說，他就比一般人還固執的多。」

媽媽筆下的圖畫總是含藏著這種妙趣橫生的感覺。我看到她一邊聽他們說話，同時目不轉睛地看著女主任的髮髻。這個髮髻令人聯想到長在後腦勺上的肚臍眼。

「的確，很多人來我們這裡的時候有點不甘願，」褐色頭髮的女士說，「但是過了幾個禮拜，他們會覺得這裡就像自己的家一樣，而且再怎麼樣都不想離開我們！我們呵護、寵愛他們，而且還娛樂他們。於是他們最後接受這樣的想法：把握這段充實的歷程，儘管這確實是人生的最後一段時期。您知道，他們甚至會跟希爾維歐一起去游泳。」

「希爾維歐？」我爸爸皺起眉頭問道。

「是的，他是游泳救生員。有他在，我們的養老住民如果惹事生非，最後就會被浸在溫水裡。」

「容我提醒您，」爸爸說，「我也沒有請您把他泡在氯裡面。只要保護他，避免他自己傷到自己就好。」

筆在紙上沙沙作響。爸爸帶著某種陰鬱的能量在文件上簽字。媽媽面無表情，讓人猜不透她的心思。女士把公事包喀啦一聲地關上。那就像斷頭台行刑的聲音。

「現在，」爸爸說，「還有最困難的事要做——那就是說服他。我可以很肯定地告訴您，我不是由衷樂意地這麼做。」

女士把手搭在爸爸肩上，打斷他的話。她露出格外柔和的笑容，爸爸的表情於是軟化下來。

「我敬愛的先生，這是很典型的情況。您有罪惡感。」

「可以這麼說，」爸爸說，一邊踩著他的方頭皮鞋站著，「有一點點罪惡感。是啊，呃，其實還滿罪惡的。」

「現代人的生活，時間很少，空間也小。他在我們這裡會過得更好。」

爸爸的表情突然變得柔和，眼神裡充滿了茫然和困惑。

「不論如何，誰能料想到會這樣呢？」他低聲說。「當然了，畢竟您沒有見識過他曾經……」語帶任性的他說到這裡停了下來，望著地板、呑呑口水，然後直視女主人的眼睛。

「他有過意氣風發的年代。我爸爸進老人院！眞他媽的！」

「請說『安養所』。您會發現，幾個星期之後，您將完全不覺得後悔。」

「就這樣吧。不論如何，我也不知道還有什麼其他的解決方式。他失智了！這幾個禮拜，情況越來越糟。在八十五歲離婚，這已經夠奇怪的了，嗯，承認吧。然後還有那一次，我們在他被關在自己車子的後車廂裡。這件事我還是沒有頭緒。還有昨夜，更棒的來了。夏爾特警察局的人打電話給我說：一個卡車司機在路邊發現他。」

「但他怎麼能到那麼遠的地方去？」女士驚訝地問。

「我不曉得，一定是搭便車。今天早上，他什麼都記不起來，只是問我說：『你穿著你的方頭鞋在那裡幹嘛？』」

現場安靜了幾秒鐘。女主任的視線望向我爸爸的鞋頭。她的嘴唇浮現一抹微笑。

「想讓我和他談談嗎？」她問。「我讓他和未來的伙伴們見個面？」

「絕不!!除非您想看到慘劇發生，然後關門大吉。這個點子很糟。不，我有個更棒的點子。他下星期過生日。我們邀請他過來。而如果我們好好進行，或許……」

我悄悄上樓，進到房裡，拿出我的小書櫃上的一本地圖集，在裡面翻到一幅法國地圖。夏爾特鄰近諾曼第。

❖

夜更深的時候，我再次打電話給拿破崙。這一次，他彷彿知道就是我、而不是別人打來的，於是很快就拿起電話筒，立刻說道：

「我的可可！我以爲你發生什麼事了。」

聽到他的嗓音中氣十足，我的精神立即爲之一振。

「你好嗎？」

「讚的很。你希望我發生什麼事啊？現在是你老爸有點失常。今天早上我看到他出現在我家，臉上一副如喪考妣的樣子。」

「爺爺，你坐著嗎？」

「沒有，我在倒立！」

「我有一個信息要傳達給皇上。」

「小心點，可能有人在偷聽我們。絕不要輕易相信任何事跟任何人。」

「Vi rajtas, ili deziras deporti vin（你是對的，他們想遣送你）。」

這一次，他安靜了更久。電話裡傳出某種抱怨咕噥聲。然後，他問：

「我們開始抵抗？」

「遵命！」

奶奶的來信

親愛的李歐納：

我的乖孫子，坦白說，儘管我陷入窘境，但還是保持禮貌，我和你提過的艾德華（你知道，就是那個用筷子吃長棍麵包的），他呀，他覺得非得帶我去日本和全亞洲旅行不可，從亞洲的北邊到南邊，再從東邊到西邊，你會說他真好，但是我比較喜歡歐洲，而且是西歐，甚至是西歐的北部，就像我跟你說的他很了解世界上的那個區域他一輩子都在那邊銷售火柴還有收購筷子（可是他如果需要筷子為什麼會削木頭做火柴，而那邊的人如果需要火柴為什麼不把筷子削一削就好，這我就不敢問了）。

幸好，我有感覺他要來問我，於是我告訴他我在織好毛線之前都不能去別的地方，當然畢竟我還是愛面子所以不想告訴他我在為前夫織一件毛衣而我的前夫在跟我結婚五十年之後為了重新展開人生就把我掃地出門了，這讓我又想起尤里西斯的太太潘妮洛普花時間織毛線。想到這裡值得一提的是，潘妮洛普算是最早的航海人的太太，也是第一個蠢蛋！

如果去一趟日本和整個亞洲回來我們可能會換了一個人，可是我個人就是不覺得何必要旅行一趟然後轉變自己，我覺得自己現在這樣很好而當我看著鏡子裡的自己時我更不明白你爺爺為什麼把我趕出來，也不是這麼說，其實我明白，因為我很清楚在他那個老駱駝坑坑疤疤的腦袋裡裝了些什麼，他有一大堆腫塊，還不止兩個而已，那都是因為他身為拳擊手的驕傲。此刻我不停地回想起我和拿破崙在清晨去的諾曼第的一片沙灘，那場旅行比去日本還遠，而我很確定他已經忘記了，他不是個重感情的人，但是我記得我們倆的事

尤其別告訴他我有跟你透露這一切，他會以為我朝思暮想，這個老瘋癲哪我會讓他繼續孤獨地生活而且他活該，然後會是他跪著求我回去，管他的，艾德（艾德華）問我什麼時候會織好衣服他就可以去訂機票而我跟他說我才在織袖子而我們還要等一陣子，但實際上我已經織到上身的一半了，我織得比光速還快，他顯得有點生氣而且覺得事有蹊蹺，但就在這個時候他用兩隻手撐著身體像是要撲到我身上親我，彷彿他還只是個二十歲的年輕人，但問題是他把右手壓到嵌在餐桌的韓國烤肉架上面，而他因為猛衝而往前倒然後大叫一聲一邊把手掌伸到空中，網架黏在他的手上，使他發出噗嘶———的聲音，當然了，他一點也不想親我了。

必須叫消防員過來，他在等的時候咬緊牙關好擺出一副泰然自若的樣子可是他的手繼續在架子上烤而他痛得像狗一樣，這聞起來像烤豬但我沒跟他說，他於是唸出兩、三首俳句好讓自己冷

靜下來，這是來自那個地方一個很令人讚嘆的東西。

他得在拳頭周圍綁上厚厚的繃帶而我熱淚盈眶因為這讓我想到你爺爺的拳擊手套，我不禁想起那頭老駱駝，而艾德卻在我面前因為我而受苦，消防員帶他上車但在他還沒要我答應在他復原時，一起搭第一班地鐵直接前往日本之前，我就答應他了畢竟他當時的情況需要心理安慰，他走的時候對我露出一個迷人的笑容，並且咬緊牙齒地說：「愛，是會痛的。」

消防車的門關上了，我只好獨自一個人回家，一邊想念著你的駱駝爺爺，還有艾德說的那句話，那句話是真的，真實到不可思議的地步，你爺爺，當他身穿白色拳擊袍的時候一定很帥，真可惜我從來沒有親眼看過他打拳擊，說出來你會笑，我有幾次請他穿上拳擊服就為了給我看，但他在和洛基的那場比賽之後就不打了，真是太可惜了，我試著鼓勵他重新站到拳擊擂台上，但完全沒有用，他再也不想聽到這些事，他一定有跟你述說這場比賽是作弊的，而某方面來說也是真的，我坐在長椅上，湖面上吹來一股清新的氣息，清淡而柔和，我的內心同時感到沉重和輕盈，不知道是為我過去的人生而高興還是為我現在的生活而悲傷，我將永遠用昔日那個乘客小姐的眼神望著他，而我彷彿仍然感到我的腳趾之間夾雜著沙粒，要好好照顧他，因為他是那種完全不知道怎麼獨自過生活的人，蹦蹦跳跳地進入老年卻沒有意識到裁判即將敲響最後一聲鑼[21]。

還有，你媽媽告訴我你要來我這裡過聖誕節，你把你爺爺的拳擊手套和保齡球上的字寫在一張紙上給我，因為我真的不確定怎麼拼，我想那是英語或者美國話，你正確地抄下來，因為如果要我就只為了拼字而猜半天，這會讓我很煩

愛你的奶奶

PS：你來的時候，我會跟你談談俳句，你會發現，用這個東西放鬆很有效

PS：你看我還是沒有好好標出句號，但我寫的東西還是看得懂

21 在拳擊賽裡，以裁判敲鑼或鈴聲宣告一場比賽的開始或結束。

16

爸爸把希望都寄託在意外的驚喜上。

「我們事先不跟他說，然後——啪，在最後一刻去找他。那他就無法拒絕了。他來我們家，我們到時會準備龍蝦、鹹豬肉（他最愛吃的菜）、蛋糕、蠟燭、生日快樂、童年回憶等等。這次玩大的！我們全心全意地準備，就這麼辦！」

他看看自己的鞋頭，繼續說：

「而且啊，嘿，我到時連方頭皮鞋都不會穿出來。我真的會做好萬全準備……」

當他正準備好要開車去載拿破崙的時候，突然在最後一刻靈機一動。

「嘿，如果由你去找他，怎麼樣？」他問我。

「我去？」

「對啊，這想必很不錯！你到他家去，從容自在，很輕鬆，對他說：『來我們家吃飯吧。』看起來蠻不在乎，若無其事。如果是你的話，他就不會起疑心。明白嗎？」

「嗯，明白。爸，你真有謀略呀。」

「當然了，你完全不要向他透露我們的計畫，只要說我們想見他就好了。」

他踮起腳尖站著，把手搭在我的肩膀上，宣告說：

「你會是我的特務。」

❖

我還沒敲爺爺家的門，他就高喊：

「進來吧，可可！」

我進到屋裡。

整個場面猶如幻象：他在那兒，就在客廳中央，打扮得像個異國富翁。尤其不可思議的是，他像字母i一樣筆挺地站著，滿不在乎地靠著他的輪椅手把，雙腿交叉，而且渾身散發著帝王氣質，這股氣質與他一身純白的裝束和白髮相互交融。他顯得不可一世。

「你站起來了，爺爺！你站著耶！」

「你看到了，可可。我跟你說過，只不過是腰痛而已嘛。醫生——開玩笑！你以爲一個拳擊手這樣就被糊弄了啊？」

他面露笑容，輕鬆自在，美麗的白髮往後梳，而且極爲講究地抹著髮油。他身上飄散出一抹古龍水的氣息。

我的皇上看起來精神奕奕。

但不久之後，我就發覺他靠在扶手上的手臂微微地顫抖。他稍微皺了一下眉頭，扭曲了原先的笑容，他的額頭上還閃爍著微小的半透明汗珠。

美好的皇上形象展現在我面前，而我不想看到這個形象在我眼前破滅。

「坐吧，」我說，「我有事要跟你說。」

他毫不遲疑地坐下。

「你是對的。國是會議就是要坐著開。」

他接著用手抹了一下額頭，鄭重地說：

「我洗耳恭聽。」

他確實聚精會神地聆聽著，然後放聲大笑：

「他全部想到的就只有這樣？我們走吧。該好好樂一樂了，可可。」

他套上那件每次出門都穿的口袋破掉的黑色外套，和他全身的白色衣著形成鮮明的對比。

他接著遲疑了一下。

「噢，其實我長久以來一直都想說出來，而今天晚上是時候了。你以後再也不是我的副官了。」

「什麼？」

「從今晚開始，你擔任我的大將軍。你會和我一起打最後的戰爭！」

我坐到寶獅 404 裡，並且把他的輪椅折起來，放在後車廂。這一夜很寒冷，但是夜空很清澈。滿天星斗在我們的頭頂上閃爍。

「我們繼續直直往前開怎麼樣，可可？一直往前，不要停。或者就只是在公路旁的休息站吃個三明治，然後睡在一座停車場？」

「好啊，爺爺，這是個好主意。我們往哪兒去呢？」

「直直走，往那邊，朝著海的方向。朝向冒險和自由。一直走到……」

他停在一個紅燈前面，而燈號馬上變成綠色，但是他卻沒有開動車子。

「你看，可可，眞詭異，有時候，我覺得自己似乎記得所有的事，但其他時候，事情卻像水蒸汽一樣蒸發掉了。甚至就連洛基，我有時候還得思考至少十分鐘才認出來。我心想，瞧，這傢伙，他讓我想起某個人……」

我的心糾結起來。想到我們再也不會一起做的一切、他將永遠不會知道的關於我人生的一切，讓我覺得猶如窒息。

後面一輛車的喇叭響了。

「這些人真是急性子啊！」拿破崙說。

❖

拿破崙的盤子上，甲殼堆積如山，包括從螃蟹、龍蝦到海螯蝦的殼：爸爸試圖透過胃來馴服他。拿破崙憑著拳擊手的腕力剝開所有的殼，完全沒有用到鉗子。

媽媽端上了鹹豬肉，這是拿破崙很喜歡的一道菜，很單純但是令人元氣十足。

「這樣你覺得開心嗎，嗯？」爸爸問他。

「一道鹹豬肉，這比一大盤沙拉好多了[22]！」

爸媽尷尬地彼此對望，拿破崙則大聲傻笑，一邊開始大啖扁豆。

他抬起鼻子，補充說：

「吃這個可能會放屁，不過……」

最後這番優雅的舉止讓大家許久都沒有興致交談。不論如何，在一直努力迴避所有可能使場面失控的話題之後，最終還是別說話的好。

「天氣眞冷啊！」爸爸終於開口說。

「是啊，」拿破崙回應。「不暖。在你家尤其是這樣。在我家呢，就還好。應該是氣氛的問題。」

爸爸假裝沒聽見。他著手把髒盤子疊起來。

「你要換盤子？」拿破崙問。

「等一下要上乳酪！」

「不必麻煩了，我有奧皮尼刀，」爺爺說。

他拍拍襯衫上的口袋，裡面放著他那把經典的折疊刀，他每次吃完飯都會打開它。

「別，別，別，」爸爸回應說，「今天，我們把小盤子放在大盤子上面。畢竟你是貴賓。你可不是天天過生日！我的天哪，稍微正式一點嘛！」

拿破崙聽著爸爸說，一邊把雙手交叉在胸前。

「你身爲兒子總算還是討人喜歡，」他用抽離的冷淡口氣說。

22 原文 Mieux vaut un petit salé qu'un grand salaud，salaud 爲混蛋，salade 爲沙拉，此爲拿破崙的俏皮話。

爸爸臉上露出感激的笑容，他接著用眼神吸引媽媽的注意，像是爲了要她分享他的喜悅；他是如此地歡欣，覺得非要找人一起分享不可。

「不機靈，但是討人喜歡，」拿破崙繼續說。「約瑟芬——她還是有道理的。」

「這跟約瑟芬有什麼關係？」爸爸用毫無起伏的語氣問道。「你實際上到底是什麼意思？」

「我沒有特別的意思。」

「好嘛，總之，你就承認今天晚上在這裡，大家聚在一塊兒很愉快吧。一起團聚很好，不是嗎？」

已經離席的媽媽回到餐廳，在餐桌上放了一盤乳酪，拿破崙把上身湊向它。

「他媽的好吃！謝謝你，薩米。」

我看到爸爸很驚喜，立刻覺得很感動。

「嘿，」他說，「你已經很久都沒有叫我的名了；我好高興。我最後還以爲你已經忘了。」

「唷，你說的對，我今天早上一定有查家族名冊。」拿破崙隱藏起得意的微笑。然後，他把鼻子湊近盤子聞聞，接著鄭重表示：

「就像乳酪該有的那麼臭。我從前一直以爲你喜歡像塑膠的乳酪。」

他接著從口袋掏出一把折疊刀，閃亮的刀鋒在他面前彈開。他用拇指的肉輕觸刀鋒，確定它夠銳利。

「我知道你很愛吃乳酪！」爸爸說。「你最愛吃的就是卡門貝爾乳酪。我記得還小的時候，我在學校餐廳總是會點卡門貝爾來吃，就是爲了學你。」

「停停停，你讓我快哭了。」

「來嘛，坦承說你很感動。我還記所有這一切，很意外，對吧？」

拿破崙冷笑著說：

「噢，讓我驚訝的不盡然是這個……」

爸爸的下巴顫抖著；在幾秒之間，我覺得拿破崙似乎刻意要把爸爸弄哭，而唯有媽媽的眼神讓爸爸忍住眼淚。

「那……是什麼……爸？」他使勁地問。

「你眞的想知道？你曉得嗎，令我驚訝的就是所有這些排場……這有什麼意思啊？龍蝦、鹹豬肉，嗯……藉口、鹹豬肉、愚蠢的童年回憶……你連方頭皮鞋都沒穿了，想必很重要吧！」

他將折疊刀的刀尖戳進一塊卡門貝爾乳酪，把它提到眼前，像檢視金塊一樣地看著它。他接著咬了一口，並且大聲咀嚼，一邊死氣沉沉地看向爸爸。

「我們爲什麼請你來？」爸爸咕噥著。「這可是爲了幫你慶生啊，爸！是爲了看看你，和你共渡一段時光。就這麼單純。但你總是這麼難搞。而且，因為我們耶誕節要去約瑟芬那裡，所以我們想……我們終歸還是一家人嘛。我們甚至還預備了蛋糕。」

「眞感人啊！」拿破崙說道，一邊假裝抹去臉頰上的眼淚。「那除了用香緹鮮奶油把我淹沒之外，你們到底是什麼居心？」

媽媽靜靜地走到爺爺身邊，然後用如此親切、溫情的手勢撫摸他的頭，以至於時間彷彿在漫長的幾秒之中都靜止了。

「拿破崙，」她輕聲地說，「請容我說，您太過分了。您不明白您兒子內心的感受……」

爺爺聳聳肩。

「您是說他有心？眞是個好消息。」

「完全正確。而且甚至是一顆很大、很寬大的心。」

「隨便你……可能要好好挖一挖才能確定。」

他接著直視著爸爸的眼睛，繼續說：

「欸，你清好喉嚨了沒？」

爸爸吸了一口氣。

「我們想跟你說，你不能獨自一個人生活。」

「啊對啦，總算說出重點了。我以爲你永遠都不會講出來，然後一直便祕直到時間終結。我再也不能獨自生活，講來講去就是這個。本世紀獨家新聞！你通報法新社了嗎？」

拿破崙從襯衫口袋裡取出一根削尖的牙籤，然後用兩根手指夾住它。牙籤被直直地卡在那兒。

「是啊，爸，必須正視現實：離婚、重新開始、跌倒、你對待伊蓮的方式。還有上個禮拜……你能不能告訴我，你大半夜裡在夏爾特幹什麼？」

「這個啊，這可是你說的。我什麼都不記得了。我只記得你一大早擺出的表情，還有你的方頭皮鞋；一醒來看到這些，眞令人永生難忘啊。」

「而恰是這種情況更令人擔心。有一間很不錯的安養院，位在學校對面。你在那裡會備受呵護。這你又怎麼說呢？」

「我會說你的卡門貝爾乳酪眞好吃。我記得一九五二年，我在波士頓吃到一種超好吃的卡門貝爾乳酪。那是在波士頓，一九五二年，了解嗎？」他接著開始用鼻子在牙籤尖端吸氣。

「別這樣，很噁心，」爸爸高聲叫道。

「還比不上你給我的建議那麼噁心！」

他瞇起眼睛，好瞄準垃圾桶，接著丟出牙籤，最後卻丟到一盆花裡面。

「沒中！」他說。

他接著擺出一副挑釁的笑容。

「我們想，」爸爸繼續說，「有一天你可能會想交些朋友、做做各種活動，你知道，他們好像在做陶瓷……」

「噢他媽的，陶瓷……」

「總之，大家都會照顧你。你眞的不想常跟像你一樣的人來往嗎？」

「能不能跟我解釋一下，你說的像你一樣是什麼意思？」拿破崙冷酷地問。

爸爸爲了回應而踮起腳，然後又覺得必須鬆開襯衫的領口。拿破崙又說：

「咱們歸納一下：你想遣送我，就這樣！」

「你在亂想，爸，我們跟你談的可不是集中營，而是安養所。」

「Kia gastameco, fik', ĉu ne Bubo！（安養個屁，對吧，可可！）」

我笑了，而我爸爸小聲地問我：

「他說什麼？」

「噢，沒什麼，他只是說你眞好。」

爸爸朝拿破崙走了幾步，蹲下身子，讓自己位於和拿破崙一樣的高度。

「總之，簡單講，爸爸，在一間房子裡，會有人照料你，在那裡，你不會做些冒險的事，而且還會自得其樂。裡面會舉行小型的音樂表演。好好面對現實吧，你大部分的朋友都已經走了。」

「他們很虛弱，就這樣。他們做的運動不夠。」

「我們會經常來探望你，反正離我們很近。裡面布置得很漂亮；花園裡有種連翹花。」

「連翹花，這間起來有尿騷味，」拿破崙說道。

「住這間老人院，每個月可是要花上我不少錢哪。我實在看不出它跟集中營有什麼關係。」

「不論豪不豪華，但沒有人是高高興興地進去，而且沒有人是活著從裡面出來的！這跟集中營還是有兩個共通點！」

爸爸感到心灰意冷，嘆了一口氣。他拍拍拿破崙的膝蓋，然後站起來。

「如果你比較喜歡獨自待在那間跟你一樣老的破房子裡，直到你讓它著了火，或者更喜歡在你的寶獅 404 裡面大吃狗食，這終歸由你自由決定。」

「說得好：由我自由決定。談判破裂？」拿破崙笑著問。

爸爸勉強用愉快的語氣說：

「來吧，中場休息時間到了，我們來吃你的生日蛋糕吧。是你喜歡的那種蛋糕，上面有很多香緹鮮奶油。這樣我們又會和樂融融了。」
「讚！」拿破崙說。
媽媽端出蛋糕，她還用小碎步走路，以免蠟燭熄掉。
「吸口氣，爸。如果你沒辦法吹熄所有的蠟燭，我們會幫你。」
「一……二……然後……」
幾秒之後，被拿破崙吹散的香緹鮮奶油在爸爸臉上流淌。
「你說什麼？」拿破崙問。「幫我，是嗎？」
他看著媽媽好一會兒，接著說：
「很好吃。我是指香緹鮮奶油！」
他的音調暴露出雀躍之情。相反地，爸爸則因爲驚愕、生氣還有被羞辱而悶不吭聲，無計可施的他像是在馬戲團舞台中央的一個滑稽的小丑。我不禁眼神低垂。
「爸，你知道你的問題在哪嗎？」他突然用微微顫抖的嗓音問起。「你等一下就會知道你的問題到底在哪裡！」
然後，他無聲無息地離開了。
「他上那兒去啊？」拿破崙將眼神朝著我媽媽問道。「他是怎麼回事？咱們剛才樂得很，他就……」

媽媽的雙手輕輕地顫抖。

「不，拿破崙，我們並不開心。您這樣也讓我很難過。」

「請原諒我。妳被波及了。」

「您的兒子不值得被這樣對待。」

「那就讓他去他那個老呆瓜院——如果大家在那裡都過得這麼好。」

地下室的門終於砰一聲被關上。然後，過了幾秒鐘，爸爸突然出現了。

「這是你要的嗎？」爸爸高聲喊道，我都聽不出來那是他的聲音。「你希望看到我是這個樣子吧？你原本希望看到我的模樣，爸爸。這個詞讓你很煩，對吧：爸爸，爸爸，爸爸。」

他揮動著兩個大大的拳擊手套。

突然驚惶失措的拿破崙試圖展現我們經常看到的機智回應，但是他連一個字都說不出口。

「停，」他僅僅低聲咕噥。

爸爸像牽線木偶一般，在面前笨拙地揮舞著拳頭。然後，他感到自己漸漸占了優勢，於是雙腳開始在原地交錯跳動。

「他媽的，」拿破崙說，「別再表演雜耍了。」

但是爸爸猛力衝進使拿破崙的防禦潰散的痛處。

他往前伸出軟弱無力的手臂，生硬地跨動雙腿，擺出一副拙劣的防衛架式。他圓鼓鼓的腹部微微晃動。這是令人慘不忍睹的滑稽拳擊模仿。他越是可憐又可笑，就越趾高氣昂而且洋洋得意。

「你從前就是想要我像這樣，嗯？我必須要這樣才配當你兒子？唯一能使你愛我的機會，就是它們——這雙該死的拳擊手套。」

媽媽再次拾起畫筆，在蛋糕包裝盒的卡紙上把這個景象化爲永恆。

「停了，停下來，」拿破崙說。

他用前臂蓋住自己的雙眼，彷彿爸爸往空中揮出的拳都是朝他打去的直拳。我從來沒有看過拿破崙自我防禦到這個地步。

「是啊，在那裡——在拳擊擂台上，或許你就會更看重我一點，或許在你眼中，我就不會只是個小丑而已。可是看哪，我們沒辦法選擇。我不鳥你。你得把這句話塞進你那坑坑疤疤的腦袋裡！」

「去你的，那我走人，」拿破崙說。「爛房子！」

「你要去哪？」爸爸說。

「我要閃人。我想我在地下室某個角落藏了一顆手榴彈。我要爲他們——你那些老人們——來一場燦爛的煙火。借過一下。」

爲了撤出現場，他試圖拿出他的輪椅，但是爸爸擋住了他的去路。

就在那時候，在短短的一秒裡——甚至是更短的一剎那，我們眼見我爸爸擺出了眞正的拳擊手架式：處於防衛的他穩穩地以前腳爲重心，肩膀聳成圓鼓鼓的形狀，他在拳擊手套後方伺機而動，穩重而靈活地微微彎曲膝蓋，重量放在腳尖。這是一個傑出拳擊手下意識的姿態。

只有一下心跳那麼久的這番演出使我們——我的皇上與我——極爲震驚。我似乎覺得拿破崙在這番場面的刺激之下，幾乎就要潸然淚下。

但一切就此結束。茫然失措的爸爸爲自己的魯莽感到驚愕，他看著那兩隻手套，彷彿意外地發現它們在那兒。

「你看，」他說，「你甚至不認爲我應該擁有新手套。這雙手套對我來說一直都太大了，而且還會發臭。你是從哪裡把它們翻出來的啊？」

媽媽悄悄對我爸爸示意，要他平靜下來。拿破崙已經打輸了這場仗，因此也沒有必要再辱罵他。拿破崙背對我們，面向落地窗；在那裡，他似乎出神地凝望黑暗的夜空中落下的結霜細雨。

突然間，他轉身說道：

「現在你們蠢事已經做夠了，有什麼讓我開心的嗎？」

17

星期六晚上。在莫藍保齡球館裡，到處都是年輕人，啤酒一杯接一杯。一些年輕人爲了忘記他們星期一沒有工作而來到這裡，其他年輕人則是爲了忘掉星期一要工作。而所有的人的目光焦點都是一顆球和十個保齡球瓶。

拿破崙和其他人彼此擊掌和捶拳。人們把他最愛用的球道保留給他。他帶領我爸媽走向租借鞋子的櫃台。

「三十七跟四十二號？」櫃檯員工說。「女士的鞋子還有……但是男士穿的鞋子……我這裡只剩下三十九號的……」

「可以啦！」拿破崙說。「好得很。總是要穿小一點的……」

我爸媽穿鞋的時候，我則幫拿破崙把腳套進漂亮的鞋子裡。

「別忘了打雙結，可可。」

他接著開始暖身，大幅度地旋轉手臂。

「看起來不難，」爸爸看著其他投球的人一邊說。「可是鞋子呢，我不知道，但我似乎覺得……」

他手撐在媽媽肩上，費力地往前走，步伐歪歪斜斜的。

「您確定鞋子是這樣穿？」媽媽問爺爺。「畢竟他還是滿難受的。」

「我跟您說了，穿小一點的，」拿破崙答道。「他當然難受，既然他長期都穿方頭皮鞋……噯，走吧。你想用滾球輔助器幫忙嗎？」

「不必了。你等著看吧。」

我們看到了。

兩小時後，爸爸始終連一個保齡球瓶都沒撞倒，球掉到腳趾上五次，還砸到鼻子三次。他蹣跚地在球道上奮力衝刺，而投球的時候，球彷彿黏在他的手上一般；它悲慘地從木頭地板彈起來，然後嵌入球道的凹槽。

這個時候，我沿著木地板推拿破崙的輪椅，拿破崙以優美的姿態灑脫地投擲他的黑球。球還沒碰到球瓶的時候，他就轉身背向球道，而當他聽到保齡球瓶接二連三地彼此撞擊出聲，就說：全倒！有時候，他沒有全部打中，而單純憑著聽球瓶碰撞的聲音，他就能指出：

「咦，有一個球瓶不聽話。就是中間的那個。」

媽媽一下子就不玩了，而她似乎興致盎然地觀察著這整個小世界。

「好好努力吧，」拿破崙終於說道。「只要再打一次而已。最後總該大顯身手吧！放鬆嘛，你太緊張了。」

「看看你，真好笑，」爸爸咕噥著，「穿著這雙鞋……」

「我告訴你就是要這樣穿。來吧，輕鬆點，會漸入佳境的。」

這番文雅的言論引起周遭的人爆笑如雷。

「噢，沒事的，嗯。」

爺爺對我眨了一下眼睛。

「Grandajn batalojn onivenkas lastminute, memoru tion, Bubo（偉大的比賽都是在最後關頭打贏的，好好記著，可可）。」

我之後將回想起這句話，內心同時感到溫存和悲傷。

「他說什麼？」爸爸一邊準備往前衝一邊問。

「喔沒什麼，只是說你的姿勢很正確。」

他往前衝刺，但是球卻仍然掛在他的手指上，沒有脫離，像隻電鰩般拖曳著身軀的爸爸腹部貼著地板往前滑，一直滑到保齡球瓶那邊。

「他媽的全倒！」拿破崙只是低聲說道。「姿勢有點問題，不過我承認他有抓到概念。」

下巴破皮而且手指始終插在球裡的爸爸把頭從球瓶之間抬起來，立刻就搖搖晃晃地向我們走來，穿過成排的夾雜欽佩和嘲諷的打球的人。他躲到媽媽身邊，媽媽試著把球拉出來。

「沒辦法，」她說，「球卡住了，你的手指應該是腫起來了。」

「說眞的，親愛的，我不行了。明年的時候，提醒我忘記他的生日吧。」

媽媽嚇了一跳，她的眼神僵了幾秒，接著後退一步，若有所思地望著爸爸。

「怎麼啦？」爸爸問。「爲什麼用那種眼神看我？」

「沒爲什麼。我覺得你很好看。」

「帶著我的球，我的嘴巴破掉而且腳都歪了？」

「就因爲脆弱，所以很美。一切脆弱的東西都很美，你不覺得嗎？」

爸爸聳聳肩，在手裡搖晃他的球。

「我答應好好思考妳說的，可是呀，我還有更緊急的事要操心。等一下我怎麼能開車？」

然後，他轉向拿破崙說：

「你全都事先預謀了，是嗎？都是你搞的鬼？」

拿破崙只是聳聳肩膀，然後用手把他的黑球彈起來。

「我甚至不想回答。來吧，輪到我了！」

他只是看了我一眼，然後低調地伸出食指，我就明白該讓我的皇帝出手了。讓他獨自上場。

而突然之間，他像是被一股旺盛的精力驅動，站了起來。爸爸的嘴張得大大的，承載著球的手臂開始搖擺，他任憑自己倒在媽媽身旁的軟墊座椅上。

全場鴉雀無聲。再也沒有任何球瓶倒下。再也沒有球在滾動。在周圍玩球的人異口同聲地發出讚嘆之聲：

「喔——！」

拿破崙的姿態不太穩，他的步伐短促而生硬，不過他仍然威風地趨向球道，用驕傲而不可一世的目光環視在場的人。

這是永垂不朽的皇帝。

還有三公尺、兩公尺、一公尺……他到了，面對著球道。

他奮力衝刺了短短幾公尺的距離……然後岔開雙腿……右腳在後面，另一隻腳在前，膝蓋彎成直角。他的關節穩健地定住不動。猶如藝術家的完美幾何線條。

他的球以一隻重獲自由的黑鳥般優美的姿態飛躍。

所有的人都揉了揉眼睛。霎時間，有一雙手鼓掌，然後兩雙手，然後五雙手，全場很快地連續響起了如雷的掌聲。拿破崙向大家致意。

全場之中，只有我目睹他的笑容變得僵硬，他的嘴皺縮起來，身體則以令人難以察覺的方式搖晃著。就像我在夜裡看到的那些樹。我悄悄湊近他的輪椅。

他優雅地坐下，嘴角掛著微笑。

時間算得剛剛好。他筋疲力盡。

「Dankon Bubo, post dek pluajn sekundojn mi cedus!Kaj li povis deporti min kiel plukita floro.（謝謝你，可可，再多個十秒鐘，我就掛了！然後他就可以遣送我，就像送走一朵花。）」

「他講什麼？」爸爸問。

「喔沒有，只是說他現在很想去跳舞！」

一小時後，我在爺爺家向他道別。下雪了，他的輪椅在地上滑行。

我們接下來好幾天都不會見面。假期即將到來，我們不久後就要去找約瑟芬。

「你希望我幫你跟她說什麼嗎？」

「跟她說一切都很好，我的可可。」

小雪花一片片落在玻璃窗上。

「還有我想念她，」他補充說。「有一點。不是天天都想，但有點想她。」

他思索了幾秒，又說：

「噢媽的，還有，告訴她我常想起她。」我幫他在床上躺好。蓋著他的被單和棉被只微微地鼓起來。他比手勢示意要我過去，然後在我耳邊輕聲說道：

「可可，你看，這個時候，一大堆事情我都想不起來了。大部分的事我才不管，可是這片沙灘的名字，這……我好幾個晚上都在回想，但就是想不起來。你知道，約瑟芬的沙灘。所以，如果你可以的話，私底下幫我穿針引線……」

「一言爲定，你可以高枕無憂地睡了。」

18

兩天後，我們開車去約瑟芬在南部的家；一路上，陰雨連綿。

自從那個晚上請拿破崙來家裡吃晚餐慶生，還有去打保齡球之後，爸爸都沒有再提起爺爺的豐功偉業。他也沒有再說起安養所。他談的事情不外乎圍繞著他上班的銀行和他負責的業務，或者我的學校成績，他還認爲我的表現可圈可點。

我們必須中途停下來加油。爸爸是如此精神恍惚而心不在焉，於是加到汽油都從油箱滿出來了。我們再開了一段距離，經過一個收費站，他把車停得離金融卡付費機太遠，於是得鑽過車門和混凝土上坡道之間，最後才能湊近付費機繳費。辦完這件事之後，他的目光一直盯著前方，而且在柵欄升起很久之後，都遲遲沒有發動車子。他接著鄭重道出彷彿是他幾天以來一直很想說的話：

「我想到一件事兒。你們一定會覺得很奇怪，但不管怎麼樣……我懷疑他會不會是……唔……」

「會不會是什麼呀？」媽媽問道。

「我搞不懂，妳也看到幾天前，他竟然站起來了。這千眞萬確。我們大家都親眼看到了，我不是在做夢吧？」

「的確。」

「可是，妳記得吧，當初醫生確實說他永遠都不可能再站起來了。他頂多可以動動他的腿，可是絕對站不起來。別忘了醫生當時很斬釘截鐵。搞不好他有，我也不曉得，某種能讓他再生活力的東西，某種血清之類的。我曾經在圖書館讀到類似的東西，似乎有這種能夠活到一百歲、甚至一百五十歲的昆蟲。」

「可是，薩姆耶爾，說到底，」媽媽說，「你爸又不是昆蟲。而且呀，」她眼見爸爸對她的回應並不滿意，接著說：

「但這也沒錯，還是必須承認這滿奇特的。無法用科學來解釋他的情況。」

「而且我還記得，」爸爸說，「我還小的時候，我們會去一座核能發電廠附近度假，然後泡在很熱、有點綠綠的水裡。他說那池水來自地表底下，但如果這是在……當時水裡到處都是海藻，而拿破崙總是說它們很有益健康，還說這很適合做沙拉。一陣輻射沒搞好，然後蹦，你就變成了……」

他繼續開車，一邊轉頭看著我說：

「李歐納，說不定拿破崙是個變種生物！」

那天晚上，約瑟芬給我看她在織的毛衣。袖子都織好了，上身也完成了一半。此刻最困難的會是用白色的毛線把 Born to win 這些字繡上去。

「再過幾個禮拜就織好了，」約瑟芬嘆口氣說。「那個在追我的，呀，你知道，就是艾德華，他就巴望著我織好，然後帶我去亞洲旅行。」

她微微露出淘氣的笑容，繼續說：

「我不認為我會被綁架。怪了！那邊的線段，你不要拉出來嗎？」

「這樣的話，整件毛衣都會散掉，」我遲疑地說。

「就是這樣呀，拉呀，只是兩、三排毛線而已。這樣可以省點時間。古早以來大家都是這樣做的：這是傳統！」

後來，她發現厚厚地纏繞的毛線開始糾結起來，於是要我停下來，她接著用有點哀傷的語氣說：

「還是別拉太多，你知道，我希望拿破崙還有時間稍微穿它一陣子。問題就在這裡：隨著時間過去，你永遠不曉得該放手還是該爭取！」

到約瑟芬家之後的第一個早上，我把亞歷山大的鴨舌帽拿給她看。她仔細檢查之後，答應會負責修補它。我請她注意縫在帽子邊緣的小標籤。

「一定要保留這些開頭的字母：R. R.。Rawczik的R，有兩個i。至於另一個R代表什麼，我就不知道了。我覺得這兩個縮寫字母對他來說很重要。」

❖

約瑟芬過得不錯。她甚至變得更豐腴一點，渾圓的臉蛋使她看起來更年輕。她總是懷抱一絲讓人難以察覺的悲傷，就像一條從不離身的掛鍊。在我的眼中，她似乎比拿破崙年輕多了，而我甚至很難想像他們兩人在一起的樣子。拿破崙此時在做什麼呢？我不禁想像他獨自躺在床上的畫面，兩隻手臂沿著他瘦小的身軀延伸，手臂尾端的拳頭緊緊握著。我也試著想像亞歷山大・羅柯吉克過耶誕節的情景可能是如何，但我真的想像不出來。

媽媽不久後就打開她的畫具。她白天的時候大都坐在花園裡的石頭長椅上，大腿上放著她的畫冊，沉浸在她的畫紙和粉蠟筆的天地裡。至於爸爸，他已經開始動手整頓一間老舊的穀倉。我陪約瑟芬買菜，幫她提東西，她一路上向所有的人打招呼，探問大家的近況，彷彿她一直都住在這裡；我看她填賭馬的表格，旁邊放著一杯牛奶咖啡。

「我對馬一竅不通，我都是隨便填的。」

第二天，我們查了賽馬的結果，她選的馬總是最後幾名。

我跟她一起剝掉幾公斤的菜豆的豆莢，但是她從來都不煮它們。

「菜豆唯一讓我喜歡的地方，」她跟我說，「就是剝它的豆莢！這讓我很平靜。在剝的時候，我什麼都不想。這等於是我的保齡球！」

或者，我會跟她一起看有點白癡的警探影集，影集才開始五分鐘的時候，就可以猜出是是誰犯案，而在這段時間，她則忙著修補亞歷山大的鴨舌帽。

我們實際上都很想談起拿破崙，因爲他的缺席佔據著我們之間的沉默深處。也因爲他的面容和濃密的白髮在花園裡的雜草上方飄揚，而且他緊握的拳頭打在覆蓋了一層霜的方塊磁磚上。

「你看，」約瑟芬在我們抵達之後幾天說，「與其到亞洲晃來晃去，我在想自己實際上會不會最好是待在老人院。我們可以在那裡靜養，什麼事都不用管。我總是很嚮往住在老人院。」

她用手指示意要我靠過去，在我耳邊輕輕地說：

「不要告訴別人，不過在幾個月前，就在我們離婚前不久，我有打聽那裡的雙人房。可是我從來都不敢跟你的駱駝爺爺談這件事。」

我思索著這個小牧羊女怎麼能跟拿破崙這種大龍捲風一起生活，而我心想，一定是一個人的持續反叛跟另一個人的溫和順從彼此互補。活著的並不是只有那些愛爭的人。活著的那些人就是那些活著的人，沒什麼特別的道理。

有一天晚上，我們正忙著從豆莢裡取出豆子的時候，我游移的思緒飄到了洛基的肖像照，於是我問約瑟芬：

「妳還記得洛基嗎？」

我看到她伸進豆子裡的手指僵住了。

「洛基？洛基，等等……」

「拿破崙最後一場拳擊賽的敵手。」

「啊對，我想起來了：那個義大利人！打那場作弊的比賽的。」

作弊的比賽。又是同樣的老生常談。作弊的比賽。

「你爲什麼回想起這件事呀？」約瑟芬問。「那已經過去很久，再也不重要了。所有的人都已經忘記拿破崙和洛基了。洛基已經過世了幾十年，而拿破崙……」

她沉默了幾秒鐘，補充說：

「拳擊手的全盛時期很短，而且令人幻滅。」

我吸了一口氣說：

「有件事我不太明白。洛基在最後一場比賽過後幾個禮拜就死了；他面對拿破崙的時候，想必已經很疲憊了……」

約瑟芬的目光盯著前方，我納悶她有沒有聽到我說的話。我繼續說：

「所以拿破崙怎麼可能沒有把他打倒呢？他當年體力超強的。他在一開始的五個回合用盡全力的打，然後突然間，中場休息之後，他的手臂竟然沒力了，腳也是，他澈底變成一個傀儡簡直奄奄一息！現在變成洛基後來居上，他還一直得分。」

約瑟芬盯著我的眼睛。她的雙眼猶如飛鏢的鋒利剽悍撼動著我，甚至讓我有點害怕。

「我要跟你說一件事，」她突然說。

我的心開始砰砰跳。

「是關於洛……洛基？」我結結巴巴地說。

約瑟芬聳聳肩膀。

「不是啦，是關於追我的那個艾德華。這很不可思議。」

她的眼睛微微瞇起來，在鼻尖前面豎起食指，接著用充滿智慧的語氣緩緩道出：

「傾聽一片草地；風。雲雀飛過。」

她接著安靜了好幾秒，然後繼續唸：

「光陰降臨，寧靜在注視。一隻眼睛攪擾著你。」

她輕輕搖晃著頭，彷彿任憑柔和的微風吹撫著她，而她就在時間、寂靜與風的深處。

「這，這是什麼啊，奶奶？草地、風還有注視寧靜的一隻眼睛？」

「這是俳句。」

「俳去？」

「句。俳句。這是日本的詩。」

它很短、很美，而且獨特。明晰。和我媽媽的圖畫很類似。約瑟芬是在很滑稽的情況下，從艾德華那邊學到俳句。

「俳句試著觸及事物的稍縱即逝，懂嗎？」

「『稍縱即逝』，這我不懂。」

「稍縱即逝，這是說事物逐漸消逝，而必須在它們完全消失之前加以捕捉。大致上也可以這麼說。你可以藉著俳句，捕捉到事物的最後一刻。」

我心想她之所以了解稍縱即逝的哲學，是因爲年長的緣故。

「想再來一首嗎？等等……污濁的影子。三桅帆船形體前方天上的雲。你也試試看。」

「你這麼想？」

「當然囉。只需要很專注在某個有生命的東西，或是一個大自然的景象，然後試著和這東西或者這個情景融爲一體。而當你達到那個境界的時候，試著想像這個東西消失之前的最後幾秒。」

我總是可以嘗試。我開始回想媽媽和她畫的圖。然後，我在夢中看到的大樹浮現腦海。我想像著樹皮覆蓋在我的皮膚上。

「像人平躺的大樹。它們的根朝天；髮絲在空中。」

「太棒了！你很有俳句的天分，很好。」

19

我們盡情地慶祝聖誕節，不過節奏有點慢，而且穿插了一些意外。

我們精挑細選了一些字，穿插在聖誕樹上的水晶吊飾之間。聖誕禮物吸引了大家的注意：約瑟芬送我一輛遙控摩托車，一陣短暫而忘憂的極度喜悅令我跳了起來。

爸爸從他的車子的置物箱搬出一台大電視機送給她。

「眞好，可是我已經有一台電視了。」

「沒關係，」爸爸回應，「這一台更棒。它的螢幕很平坦，而且畫面的解析度更高。而且還可以遙控呢！」

奶奶向他道謝，即使她比較喜歡原來的那一台。但她表示自己從來都不使用遙控器。

「爲什麼呢？」爸爸問。

「就是這樣。幾乎是完全拒絕。拿破崙在地鐵站都硬是不肯搭電扶梯。他說搭那種電梯是開始，也是結束。唔，我的想法也一樣。如果我有一天用起遙控器來，那就表示我老了！」

我幫爸爸架設平面螢幕。他完全不懂怎麼接線路。這台大機器亮起來了。我們全都預料在螢幕上看到拿破崙。但他並沒有出現，電視上播出的卻是關於駱駝的報導。

我們吃了一個四層蛋糕。三層就已經太多了，但不論如何，我們在吃最底層的時候充滿鬥志。

「來吧，」爸爸說，「咱們來開香檳。不管怎麼樣，畢竟是過聖誕節嘛！」

他令我聯想到在幾乎空蕩蕩的觀眾席前興奮搖晃的小丑。約瑟芬把嘴唇稍微沾到酒杯裡。她一開始有點猶豫，後來就乾脆而爽快。過了好一會兒，她把拇指朝下指著杯底，示意要再來一杯，爸爸不敢拒絕，然後她一口氣就喝光了。她接著把她修補好的亞歷山大的帽子戴在頭上。她用袖子擦乾嘴唇，不經意地稍微打了一聲嗝，這令她自己很吃驚，好像這是她有生以來頭一次打嗝。

在這個時刻——恰恰在這個時刻，一切都急轉直下。

她一開始滿臉通紅，眼眶接著泛出淚珠。她緊緊地咬住牙齒，緊到我們都能看見肌肉在她的表皮底下浮動。最後她咆哮著：

「他媽的！賤人！該死！下流！」

我爸媽和我全都嚇了一跳。約瑟芬整個人轉身面向我。

「這是眞的囉，你呀，到頭來你能告訴我這重新開始到底是啥意思嗎？我才不管你什麼重新展開人生咧！」

奶奶想必整個晚上、甚至自從離婚以來，內心都積鬱了許多苦悶，如今一切都隨著香檳的氣泡一湧而上。她開始搖晃。爸爸趕緊跑向她。

「媽，妳確定不想上床ㄕ……」

「別碰我，我的小薩姆耶爾・波納爾，我還能站；重新開始……我很清楚這傢伙是在怕什麼，儘管他總是像皇帝一樣高傲。他以爲怎麼樣？以爲我是笨蛋嗎？還是以爲我老眼昏花？他只是不想讓我看到他打最後一回合罷了，這可憐的渾蛋。」

「媽，妳失控了。」

「正好相反，我從來沒有像現在這麼痛快。總有一天要發洩出來。」

她拿起盛了半杯酒的杯子，而就在爸爸還來不及反應之前，她就把杯子湊到嘴邊，一口氣喝光。她放掉酒杯，杯子在地上破掉了。

「噢酒杯，我的酒杯啊！」她一邊忍住一個嗝一邊說。

她放聲大笑，接著又說：

「啊——，眞痛快！我一下子就精力充沛了！而我想到……他爲什麼不讓我看他打最後一回合！但這我卻偏偏就想看，我就是想跟他一起打最後一場仗。他可眞頑固，這隻老駱駝，竟然能就這麼走了，什麼解釋都沒有。心情好沉重。」

「可是要解釋什麼呢？」爸爸呆滯地問。「妳在說什麼沉重？」

約瑟芬只是把手臂交叉在胸前，兀自生著悶氣。

「我什麼都沒講。其實我清楚得很。而且啊，我也要好好重新開始。因爲這看起來很流行。」

「今晚……」爸爸有點退縮地說。「咱們不如來看電視怎麼樣？」

「今晚不看電視。還有，看看我怎麼處理你的遙控器！」

她起身離開，在廚房裡待了幾秒鐘，我們聽到她從裡面傳出來的聲音。

「垃圾！」

她回來坐在沙發上，摘下亞歷山大的鴨舌帽，伸手把它遞給我。我把帽子戴在頭上。

「那你呢，李歐納，你知道要怎麼重新開始嗎？嗯？」

我從眼角瞥見我媽媽正用畫筆記錄這個情景的點點滴滴。

「如果拿破崙在」，約瑟芬繼續說，「那他會做什麼來重新開始？我等你回答。」

她笑了。我的目光停留在她收到的信件裡的一張廣告傳單上。我用手指指著它。

「太空艙？」約瑟芬問。「太棒了！走吧。沒問題。」

我從前就已經想像坐在那個以不可思議的速度被拋到空中的玻璃艙裡，它兩邊用橡皮帶綁緊，就這樣搖晃好幾分鐘。

「可是……ㄇ……ㄇ……媽，」爸爸支支吾吾地說，「妳不是很清楚狀況。」

「我全都清清楚楚。而且我已經過了要經過你同意的年紀了。你就只要留下來看你那個罩的……」

刺耳的電話鈴聲響起，大家心裡都產生同樣的想法：拿破崙硬是要來插一腳，要求在太空艙裡佔一個位子。

「來的眞是時候啊，這駱駝，」約瑟芬說，「我要告訴他我是怎麼想的！」

她拿起話筒，立刻瞪大了雙眼，還驚訝的張大了嘴；她只是以有點失望的語調說：

「喔，是您啊。我聲音聽起來很奇怪？不，沒有，一切都很好。對，對，是啊，也祝您聖誕節快樂。對，對，之類的，說到這兒，也祝復活節快樂啊。可是不會呀，我哪有怪怪的。」

她把一隻手摀住話筒，低聲說：

「是艾德華打來的。」

她聽艾德華講了好幾分鐘的話，眼神有點空洞。突然間，她整個人都僵住了。

「娶我？您要娶我？嗯，實際上，呃……好啊！您問得正是時候，我正在好好重新展開人生呢！我是不是有點醉了？一點也不，我頭腦很清醒。我好好考慮一下。好，好，我會盡快回答。」

她掛掉電話，一邊傻笑。

「他以後得要大海撈針。Born to wind（天生吹風），見鬼了，是啊。他以為我會一直等他等到天荒地老？現在，出發去太空艙吧。」

奶奶在房間換衣服，爸爸有點頭昏眼花，輕聲對媽媽說：

「告訴我，我是不是錯過了一段情節，但是我媽媽剛才……」

「嗯？」

「她剛才真的答應結婚了嗎？」

媽媽緊咬嘴唇。

「好像是。」

❖

露天遊樂場裡到處擠滿了人，上空還投射了一柱燦爛的光束，看起來就像凝結的一圈火光。約瑟芬的腳步有點蹣跚，我們有時必須攙扶她。太空艙矗立在遊樂場中央，充滿挑戰性，使人們的眼裡閃現恐懼的微光。

「就是這個，」約瑟芬說，「玩過之後，我就變一個人了！我也會展開另一種人生。」

「媽，妳確定嗎？畢竟，妳也知道，有時候，我們會做某些事，可是到了第二天……例如說吧，去玩碰碰車，就在那邊，那已經搖晃得夠厲害的了。」

「別別別，別用這種方式跟我講話，好像我生了重病似的，還有，把你的那些大道理自己留著吧。雖然我沒有打過拳擊，可不代表我就沒有權利重新開始啊。」

她沉默了幾秒鐘，然後開口說：

「天長地久——這是共享的！」

要玩太空艙的時候，因爲我完全還不到規定的最低年齡，約瑟芬則有點超過規定的年紀，於是我們必須謊報年齡。

三分鐘之後，我們坐進艙內，腳在空中搖蕩著。我既不緊張也不畏縮，而約瑟芬再也忍不住地傻笑起來。接下來的幾秒鐘裡，橡皮帶綳得緊緊的。爸爸和媽媽驚恐地望著我們。一個旁觀者針對約瑟芬表示說：

「她膽子還是滿大的嘛！」

「那是我媽媽！」爸爸驕傲地說。

除夕的倒數計時開始了。是許下最後的心願的時候了。

「奶奶？」

「嗯。」

「妳知道，那個海灘……」

「那個海灘？哪個海灘啊？」

「妳知道，拿破崙的海灘……」

「噢對了，拿破崙的海灘。」

「等我們離開這裡，妳會告訴我那個海灘在哪兒嗎？」

「我還會告訴你更多！」

❖

在開車回家的途中，約瑟芬吐了三次。她稍微打了一個手勢，爸爸於是把車停在路肩，她立刻衝到車外。

「我開始不耐煩了，」爸爸發起牢騷。「他們都這把年紀了，言行舉止難道就不能稍微平和一點嗎！我爸爸這樣，我還可以理解，我已經習慣了。一直以來，我都知道他是沒拆好的砲彈，而他最喜歡的消遣，就是讓我一敗塗地。可是連約瑟芬，性情溫和的約瑟芬都……然後現在還有結婚這檔事兒。我呢，我可是需要假期，眞正的放假；到一個沒有人能打亂你生活的地方，而且有人照料你，所有的人都等著服務你。」

「那就去老人院，就這樣！」媽媽說。

「你們這些混混在講什麼啊？」

約瑟芬一邊跳上車一邊問。

後來她立刻就睡著了，而且鼾聲大作，聲音像火車那麼大。我們一到家，就把還在沉睡的她抬到長沙發上。我們三個人面對著她，仔細地凝視。

「眞想不通」，爸爸說，「他們睡著的時候，看起來都完全無害。可是啊，只要他們睜開一隻眼睛，就天下大亂了！」

約瑟芬像是聽到爸爸的話似的，抬起了眼皮。她的眼睛炯炯有神，而且露出鋒芒。

「妳好一點了嗎，媽？」

「嗯，」她平淡地說。

「我們睡吧？我想，今晚的節目就到這裡爲止了。」

「還沒完全結束。把電話拿過來。我想清楚了。」
「啊，太好了，」爸爸鬆了一口氣地說。「很高興看到妳恢復理智了。這一晚還是帶來一些教訓。有時候，喝了一兩杯，我們就會說一些……」
他把電話遞給她。她立刻撥號。
「喂，艾德華？對呀，是我，約瑟芬。關於我們的婚事，我接受了。我也織好毛線衣了。您想去哪結都好！在亞洲？如果您喜歡的話！湄公河？好極了！甚至到巴塔哥尼亞都行，隨您的意思！那不是在亞洲？真的嗎！總而言之，我準備好要過新的人生了。」
她掛掉電話，喃喃地說：
「拿破崙他活該！不不不，他就只會說不。」
她看到爸爸的表情，對他高喊：
「你有什麼意見嗎你？」
爸爸微微地搖頭。他呆滯的目光只顯露出飽受挫折的聽天由命。
「沒，沒有，我沒意見。」
「因爲你看起來好像在想些什麼。」
他站了起來。

「我不是覺得無聊，但是我真的覺得想去睡一下。」

我單獨留下來陪約瑟芬。她等到周遭安靜無聲，示意要我跟著她進入她的臥室。到了房裡，她從床頭櫃的抽屜裡拿出一小瓶香水，打開瓶蓋。她把香水瓶端到我鼻子前來回移動。

「覺得怎麼樣？」

「很好聞。很特別的味道。」

那是一種難以形容的香味，有點淡了，是一股很美好可是已經蒸發的氣息。

「這是美好時光的香味。把手放到瓶子底下。」

她把小瓶子倒過來。裡面是沙子，橘黃色的沙子，夾雜著依舊閃閃發亮的雲母顆粒。

「哎呀，別倒太多。我得保留一些，等到老的時候留念。」

「那座海灘，」我低聲說。「和拿破崙一起去的那片自由奔放的沙灘。波納爾家族的海灘。」

「可別告訴這隻老駱駝，因爲他總覺得這很娘娘腔。」

「好。」

我趁著這個大好時機，輕聲告訴她：

「妳知道嗎，他經常想起妳。很常想，甚至一直都在想妳。」

「他難道就不能親口跟我說嗎？他把家裡的電話賣掉了嗎？」

「妳很了解他這個人，他很固執。但是他內心很溫柔。」

「只要他跟我說要我回去，我就回去。現在呢，過來看這個……」

她在床上攤開一幅舊地圖。

「那兒！就在那裡。」

一個陽傘形狀的小黃色符號用鉛筆圈起來。這幅地圖很舊，那片海灘隱藏在地圖的一道折痕裡。想到一切都是從沙灘的這一角開始的，眞令人感到奇妙。我覺得這張地圖上所有的路都通往這個小地方。

「你知道嗎？」奶奶問。

「不知道。」

「有時候，我似乎仍然能感覺到腳趾之間夾雜著海灘的沙粒。」

20

以媽媽的說法，第二天會是個清靜的日子。

「樂觀一點，」她在早餐時說，「經過昨天的大餐和狂飲，她不會想再去跳抽筋舞了，這樣我們應該就能喘口氣了。」

上午的時光流逝，而約瑟芬一直沒有起床。

「對我來說，」爸爸說，「我不趕時間。看看她醒著的時候那樣大吵大鬧，還是讓她恢復元氣吧！」

我在花園裡試玩電動摩托車，過一會兒就累了，然後我坐在媽媽身旁，看她畫畫。她的筆法精簡而不著痕跡。園子裡的樹木在寒冬中凍僵，而這一切似乎都透過她的畫筆而躍然紙上。

她讓我翻看她的圖畫本。最近這幾個月的種種接連展現在眼前。而就在幾分鐘之間，我彷彿透過魔法，重新被帶回奶奶離開那天的巴黎里昂車站。媽媽甚至細心地在畫面背景裡畫了車站的時鐘，上面精確指出分離的時刻。

然後，我的目光停留在我們四個人在咖啡廳的場面。約瑟芬的缺席令人無法忽視。

「拿破崙——他的表情好奇怪，」我說。「妳確定他那時候是這樣嗎？」

「他內心確實是這樣。」

我當時並沒有察覺他的目光裡閃現著憂傷，而媽媽則透過畫面突顯出來。

「這個，媽，這是拿破崙學克羅克羅跳舞，然後摔了下來。可是妳並沒有親眼目睹這一幕啊！」

「是啊。這是我想像的。當時情況是這樣嗎？」

「沒錯，就好像妳當時有躲在現場的一個角落偷看。」

突然間，我意識到自己實際上一直在尋找某個特定的情景。一幅佔滿整頁的圖畫攫住我的目光。

「我知道這個瞬間讓你印象深刻，」媽媽對我說。「這裡的爸爸很迷人，不是嗎？」

我再次為爸爸擺出的完美姿勢而屏息。我把手遮住圖畫，只露出畫中爸爸的上半身、他的頭還有他舉在下巴前面的戴手套的拳頭。我陷入一種難以言喻的不安。

媽媽拿回圖畫本，翻了幾頁，然後撕下其中一頁。

「拿去吧。把這個送給你朋友。」

這一頁畫著亞歷山大・羅柯吉克的帽子。媽媽特意突顯出那兩個大寫的開頭字母，我想亞歷山大一定會很注意這個細節。在畫紙上，這頂帽子看起來超越了時間、事物的消散以及一切。

就在此時，爸爸打開窗戶，向我們揮手示意有訪客來了。

「在這裡，是另外那一位，」他小聲地說。「那個追求者。」

艾德華的模樣像是某種聖誕老人，頭上戴著蓋住耳朵的獺皮帽，下巴上的帽帶打成一個結。他的臉圓圓的，臉色很蒼白，但是突出的臉頰則紅通通的。他腳上穿著滑雪後穿的寬大軟皮靴，靴子的長毛垂到地上，而鼻子下方留著濃密的鬍鬚，質地似乎和他靴子上的毛一樣。我的目光深受這雙靴子吸引，目不轉睛地盯著它們。

「這是用氂牛的毛做的。這雙靴子是我在外蒙古買的。」

他接著自我介紹：

「我是艾德華，」他單純這麼說道，上半身一邊微微往前傾。「各位或許已經聽說過我的事了？」

從我一見到他，就看得出他具有亞洲式的智慧。當然了，跟拿破崙比起來，他只是個羽量級選手，不過他滿臉露出很溫和的笑容，儘管帶著一點傻氣。他朝我們伸出右手，手上還纏繞著細細的繃帶。

「我在亂修我車子的引擎的時候，燙到自己的手。」

全世界只有我知道他在撒謊，而這個謊言立刻讓我覺得他很親切。他顯然是爲了和約瑟芬談事情而來的。

「她還沒醒來，」爸爸輕聲說，「她昨晚有點……躁動。」

爸媽於是請艾德華坐在沙發上，然後全場一片安靜，畢竟我們之間沒有什麼特別的話題好聊。因爲約瑟芬遲遲沒有醒來，艾德華最終打開了他的郵差包。

「來玩一局吧？」他一邊把下巴朝向一個燙金的長條形木盒一邊問我，這個盒子看起來像個老舊的鉛筆盒。那就是「碁」的圍棋遊戲。

他在矮几上排列棋子。

「那麼，我跟你解釋：碁的素稱是爛柯（ranka），這是指生鏽的斧頭把柄[23]。」

「這是中文嗎？」

他笑了。

「這是日文。在中文，這叫做圍棋，意思就是圍起來的遊戲。開始囉，讓我跟你解釋：傳說中，有一天，有一個樵夫停下來看人下一局碁。當他想重新上路的時候，卻發覺他的斧頭生鏽了，而且已經過了好幾個世紀。」

我點點頭表示感興趣。接著現場安靜了幾秒鐘。

「我很喜歡解說，」他像是爲了表示不好意思而特別說清楚。「那我來解釋了。」

他的笑容延伸到和兩個耳朵連在一起。爸爸媽媽僵在那裡，神情就像目睹火柴做的城堡而倒吸一口氣的人。

「唔，你看，這個呀，這是碁盤（goban），」艾德華說。

「什麼？」

「要我講解給你聽嗎，嗯？」

「對。」

我的反應似乎使他滿心歡喜。

「那麼你看：這是碁盤，你也可以稱它是棋盤啦。當兩個交叉點位在同一條直線上，而且其間沒有其他的交點時，我們稱它們是相鄰。」

23 在中國古代，「柯」指斧柄，「柯斧」指裝柄的斧頭，因此「爛柯」指壞掉的斧頭。下文中，艾德華談到的樵夫傳說典故實際上來自中國，該傳說述說樵夫王質入山伐木，並觀看人們下棋。該傳說最早見於西晉司馬彪《郡國志》，之後也以不同的版本見於東晉虞喜《志林》、南梁任昉《述異記》，也見於南宋朱熹《題爛柯山》：「局上閒爭戰，人間任是非。空教采樵客，柯爛不知歸。」這個故事也成爲歷代許多畫家的繪畫題材。此傳說中的爛柯位在信安郡石室山，即今日浙江衢州城東南的爛柯山。

「了解。」

「現在，非常重要的呢，我來向你解釋一下：一塊『地』指的是一組數個還沒被佔據、而且接二連三相鄰的交叉點，它們的疆界由同一種顏色的棋子圍出來。接著，要討論的是雙活（seki）局勢裡的活棋、討論死棋、與只剩一眼的棋子；我們要討論連成一線棋子的氣、沒有了氣的棋子、被叫吃（atari）的棋子、圍地提子、劫材威脅，以及我們稱爲貼目（komi）的補償分數；總之，就是一切的規則，還有它那些數不清的例外。」

這比保齡球複雜多了，玩保齡球只需要學會兩個詞：半倒（spare）和全倒（strike）。不過，如果不知道這些也不要緊，畢竟在電子螢幕上會有一個穿比基尼的小妞，搖搖擺擺地跟我們說明情況。

爸爸和媽媽強忍著大笑的衝動。

「你看，」艾德華繼續說，「白子沒辦法立刻再下到b位置上來提黑子1因爲……」

我撤退了。我眼裡只看到他動來動去的鬍鬚。他的聲音形成一長條黏稠的東西，我無法從中聽出任何一個字。

「嗯？有聽懂我解釋的嗎？」

我點頭表示聽懂，他看起來很滿意。

約瑟芬一直沒有起床，媽媽最後於是請艾德華喝茶。就在將嘴唇浸入茶杯之前，他對我說：

「這些呀，都還只是初步的概念而已。喝完茶之後，我會解說詳細的內容。遇到喜歡聽解說的人眞令人愉快——而且這種人不多。」

艾德華喝了一兩口茶，突然顯得鄭重其事，轉身朝向我爸爸。

「先生，由於約瑟芬沒醒來，我就跟您說吧。就是……」

「請跟我解釋，」爸爸面帶笑容地說。

「我很榮幸請您讓我……嗯……和令堂成婚。」

接著是一陣猶如長桌巾的漫長沉默。我從爸爸的炯炯眼神和皺起來的額頭，察覺出他苦苦思索對方提出的問題。

「我跟您解釋，」艾德華繼續說。「約瑟芬答應嫁給我，可是我喜歡事情按部就班的來。因爲按部就班才能幸福。」

「既然您這麼說，」爸爸說。

他搔搔頭，接著困惑地和媽媽互看一眼。這位追求者平靜地等待，完全沒有顯現出絲毫不耐煩。

「通常，在歐洲，」爸爸開口說，「如果要娶一個女人，並不是詢問她的兒子，而是問她的父親。」

艾德華直接反駁。

「這裡面有細微的差異。我會向您解釋。在神道的哲學中，父親和兒子……」

「不，別了，這樣就好了。您就照您的意思吧，只是什麼都別再跟我解釋了。您們結婚還是不結婚，我才……」

而爸爸話還沒講完，就轉身朝向媽媽。

「媽的，他纏住我們了，這老人！」

他接著就埋頭看一本填字遊戲雜誌。

「我不知道您的想法，」媽媽說，「可是我呢，我很想看電視上播的一個消遣的東西。有點傻又好笑的東西。一部讓人放鬆的電影，就這樣！」

艾德華從他的郵差包裡抽出一片光碟的外盒。

「我都準備來了，」他雀躍地說。「我本來打算和約瑟芬一起看，但沒關係。不論如何，這個我已經倒背如流了。您會發現它很好笑，百看不厭。各位覺得如何？用大螢幕看一定很棒！而且還是原音重現呢！」

「是喜劇片嗎？」媽媽問。

「這比喜劇片更好看：這是能劇。」

「什麼劇？」爸爸把鼻子從填字遊戲抬起來問道。

「我跟您解釋：『能』，如果您喜歡的話，也可以叫做『雅樂』（Gagaku）。或者，如果您對詞語很講究，那就稱作『舞樂』（Bugaku）。岳父對這個很內行？」

「沒有，」爸爸回答，「就只是想多了解一下。其實我最希望的是平靜地過完今天。」

外面開始下起結霜的雨，並持續了好一會兒。

「您們將看得津津有味！」艾德華一邊將光碟放進播放機一邊說。「我們會笑到前俯後仰！」

「您會向我們解釋，」媽媽把句子說完。

「就是這樣。」

如果您們無法完全了解……」

不久後，螢幕上出現了一個穿著黑綢緞和服的男人，腰部緊緊地繫著一條紅色腰帶。他獨自站在空蕩蕩的偌大場景裡，目光左右游移，像是在找尋某個東西。他歪斜的眉毛高掛在上了妝的黑眼睛上方，使他顯得憤怒而駭人。他突然僵住不動，微微發出一聲尖叫：伊——，接著忽然渾身顫抖起來，就像在暴風雨中的蘆葦。

「他很生氣，是嗎？」我問艾德華。

「不，他高興得很。這是個愛說笑的人。他是那種正面生活的人！」

過了一會兒，這個男人向前跨大步，然後腳猛然地跺著地板，發出像打雷那麼大聲的腳步聲。然後他轉動眼珠子，抖動耳朵，發出咬牙切齒的聲音，扭動屁股，把肚子鼓得大大的，肚臍朝天，吐出舌頭碰到鼻尖，最後發出一聲怒吼，讓我們都嚇了一跳。

「眞可憐！」艾德華說。

「怎麼會可憐？」爸爸驚訝地問。

「您很明顯看出來他很難過。看不出來嗎？」

「對，對，既然您都這麼說了。」

「看，看哪，」艾德華說著，一邊把手指頭指向螢幕。「專心看，啊呀，不然就會錯過最精采的部分！」

一直獨自一人的男子開始抬頭仰望。他面朝天空的臉似乎跟隨著看不見的雲朵。他向上豎起食指，好像是在感覺風吹的方向。

而就在這兒，艾德華放聲笑了出來。

「哎呀，這棒極了，對吧？每次這一幕都令我哈哈大笑！嗯，我說的對嗎？」

「超好笑的！」爸爸含糊地說。

「可不是嗎？噢，我想到了：我們重看這一幕怎麼樣？就爲了再笑一笑！」

「不，不，」爸爸回應，「這樣會打斷節奏。」

「您說得很對。注意囉，等一下還有更多劇情！」

確實，一個纖弱的身影突然從舞台後方浮現。她的周圍瀰漫著朦朧的煙霧，彷彿構成她的翅膀。她靜悄悄地走近身穿黑袍的男人，可是他似乎沒看到她。她在他的周圍繞了大約二十分鐘。

女子消失無蹤，這個男的整個人倒了下來，然後像一片可麗餅似的平貼在地上。

「我每次都被騙！」艾德華大叫地說。「承認吧，結局完全出乎意料！」

「我承認……嗳，眞是有夠意外。」

「這完全出乎我們意料！現在是全部結束了嗎？您確定？」

「第一個部分是結束了。全部一共有十五個部分。保證精彩，還有情節起伏、笑料、柔情。如果各位喜歡的話，我明天再來，而且……」

外面的雨下個不停。我想起了拿破崙。還有亞歷山大，但是沒戴帽子。媽媽昏睡著，一隻手從椅子扶手上垂下來。她的圖畫本掉在絨毛地毯上。恰在這一刻，我感覺到時間從我們大家身上流逝。

❖

約瑟芬再度現身的時候，頭戴蓋耳毛帽、腳上穿氂牛雪靴的艾德華早就離開了。像剛入夜時的花朵般的奶奶皮膚很平滑，臉頰圓潤，而且雙腿穩健。爸爸跟她說艾德華剛才來訪。她伸伸懶腰，打了個哈欠，然後問說：

「他怎麼會來拜訪呢？」

「他爲了婚事來的。」

「婚事？」約瑟芬訝異地說。「哪樁婚事啊？」

「他的婚事。」

「啊？他要結婚？」

「就是啊。」

「喲！他大可以告訴我啊。是跟誰結婚哪？」

「跟妳啊！」

約瑟芬踮起腳跟自轉，態度不變。

「跟我？」

「是啊，既然妳都已經答應了。妳甚至跟他說了，就在你們昨天講電話的時候。」

約瑟芬整個人倒在扶手椅上，閉上雙眼。她想必是在努力地喚起記憶。

「仔細想想，」爸爸說，「他人很好。雖然有點怪里怪氣，不過還是滿好的。」

「閉嘴，」約瑟芬說，「我正在試著回想。對了，我覺得霧漸漸散開了……我稍微記起來了。

他那時的表情一定很困惑。」

「什麼時候啊？」

「當你跟他說我喝醉的時候。而且還跟她說我已經名花有主，已經屬於波納爾了。」

爸爸緊咬嘴唇，媽媽則噗嗤地笑了出來。約瑟芬站了起來。

「等一下……你是說你……」

「拜託，媽，妳還記得吧，妳說妳準備好要過新的生活！就算到巴塔哥尼亞妳都願意。」

約瑟芬把頭埋在雙手裡，身體前後搖擺。

「那不是眞的、不是眞的，只是一種說詞罷了！我啊，我也不曉得，那只是做做樣子，耶誕節應景嘛。大笨蛋才會以爲那是眞的。」

爸爸的視線左右游移，試圖將目光盯在某個令他安心的東西上。最後，他開始對著上面架著草編燈罩、被回收利用成桌燈的舊檸檬汽水瓶微笑。他的模樣讓人覺得彷彿有千言萬語要對它說。

「確實，」他咕噥著，「我完全不了解你們的事。妳說想要重新開始、展開新的生命，毛衣也織好了……到巴塔哥尼亞去！另一個人滿臉笑容地來了，頭上戴著蓋住耳朵的毛帽，腳趾和鼻孔上都是氂牛的毛，還有他好幾台卡車的解釋，關於碁劇、能棋……我啊……」

「爸，我覺得剛好相反，」我說，「能劇還有碁棋。要我解釋給你聽嗎？」

「我才不管這些咧！」他喊道，「我甚至完全都不管！對於這個棋、這個劇、發生的事情，我完全都不懂。」

他又低聲咕噥了幾秒，然後再度爆發：

「至於你們結婚、離婚、重新展開人生，還有天長地久要共享，就像野餐時的香腸，這些事兒，唉，我也全都搞不懂！最重要的是，我才不要聽什麼解釋呢！」

這時，約瑟芬獨自在一旁哀嘆，把臉埋在雙手裡。

「那現在我該怎麼辦？我該怎麼做呢？我想再跟我的波納爾在一起。我一點都不想去亞洲。」

21

後來那個晚上就像我經歷的許多其他夜晚。在夢中，許多樹木接連倒下。它們全都很高大而且佈滿了樹結，已經活了很長的時間。但奇怪的是，這些樹的高度和寬度以及樹枝伸展的幅度並未予人強壯的感覺，反而更讓人覺得它們不勘一擊。實際上，它們愈是粗壯，就愈加脆弱。亞歷山大・羅柯吉克、句點和我徒步走在滿地的乾枯葉子上，但是絲毫沒有發出聲音，彷佛我們移動的時候，腳並沒有踩在地上。我們在樹木之間走著，好確認它們沒有倒塌的危險，但是我們才剛剛碰觸樹幹，它們就顯然搖搖欲墜。亞歷山大的鴨舌帽在夢裡變得很大，幾乎和那些樹一樣巨大。

彷佛有一隻動物四處徘徊，牠既兇猛，也同等地有耐心。我後退了幾步。我抬頭仰望，卻只見厚厚的葉叢遮蔽了天空。不久後，樹頂開始搖晃，接著整支樹幹都左右晃動起來。樹根接著從土地連跟拔起，覷靜無聲，也沒有枝幹折斷的劈啪聲，而在樹木倒下之際，周遭反而到處伴隨著混雜的竊竊私語和虎豹的低聲怒號。

每當有一棵樹突然倒下，我就以爲總算能弄清楚它背後到底隱藏著什麼，這種確定感讓我稍微舒坦一點；但是實際上，我總是重新面臨森林中的另一個新帝王。而不久之後，將輪到這個帝王遭到威脅。

我於是哭了起來。

直到電話在夜裡響起，才打斷了這個夢境。爸媽突然起床。我到客廳去找他們。約瑟芬則沒有醒來。

拿破崙——一定是他打來的電話。

「是消防員打來的，」爸爸用一隻手掌遮著話筒，一邊告訴我們。

媽媽要我回床上去睡覺，可是我仍然坐在階梯的底端。爸爸重複消防員對他說的話，好讓媽媽跟上對話的內容。

「發生火災？」

一陣沉默。

「啊，幸好！總之，前陣子很熱。這種情況不適合開玩笑？也對，抱歉。可是我這幾天事情太多了。」

一陣沉默。

「啊我明白了，他那時想燙衣服，接著就穿著內褲去保齡球館，忘了熨斗還放在他的襯衫上。毫無疑問，準是他沒錯。」

一陣沉默。

「您說什麼？您跟他出了問題？歡迎來到俱樂部[24]！這可不好笑？也對，的確，您說的對。可是啊，有時候……」

一陣沉默。

「他什麼都記不得，而且還認爲是是您放火燒掉所有的東西，就爲了遺送他。而且您跟我串通要害他？他常這樣。那現在他人呢？」

一陣沉默。

「好，我完全懂了：他把自己關在收藏室裡，高喊我再也沒有像隻梭魚那樣的慾望。老毛病了，就這樣！他還說起某個叫做洛基的人？他說從來都沒有人能了解洛基遺留給世界的東西？

24 法文爲 Bienvenue au club，意指落入相同的處境。

我希望您有受過『性格障礙退休拳擊手』的特殊教育，否則您整個晚上都不得安寧。這也不好笑，是嗎？好吧，讓我跟他說。」

一陣沉默。

「什麼？他不想跟我講話。他說我是個……而您覺得這很好玩？您覺得很好笑？那可不，我不覺得好笑。」

一陣沉默。

「他說帝國受到威脅，他只會跟他的總司令說話？好吧，我知道他講的是誰了。要立即召開國是會議？」

我們在半夜喚醒約瑟芬。

爸爸聲稱說他的銀行遭小偷了，於是必須緊急趕回去。約瑟芬送我們到門口，她這樣地站在門前的台階上，車燈照亮了她，她身穿來自上個世紀的睡袍，髮絲在空中飛揚，神韻就像是神話故事裡的一個奇特人物。

「我們再打電芬給妳，約瑟話，」爸爸叫嚷。情況終於反轉了。

爸爸飛快地開車。車子刺穿了夜晚。我睡著了，但後來突然驚醒。奇怪的是，我覺得精神奕奕，而且很希望這趟旅程永不停止。

當爸爸想稍微休息一下或喝杯咖啡提神，我會陪他到中途的加油站。在清晨，我們停在距離目的地還有一百多公里的地方的一間加油站，他打壞了一個吃掉他的錢幣的咖啡機。來了兩個彪形大漢，他們的上手臂戴著保安的臂章，但詭異的是，這個字眼卻比較是令人惴惴不安。其中一個對我爸爸說：

「怎麼啦，這位先生兒，想惹事嗎？」

他的語調上揚，我覺得他們就要開打了。爸爸的身體開始左右搖擺，重心在兩隻腳之間交替移動，並將兩隻拳頭伸到下巴前。另外那兩個人盯著他，表情帶著些許嘲諷。我挽住爸爸的手臂。

「別這樣，爸，他們對拳擊一竅不通。」

「說得對。一竅不通！」

就在滑動門在我們面前打開的那一刻，爸爸轉身面向那兩個守衛。

「全都只是些軟睪丸！」他高聲喊道。

我們火速跑到車子裡，然後像開火箭一般開動車子。

不久後，我們下了高速公路，而就在抵達目的地之前，爸爸在一隻白色的母羚羊前面突然煞車，牠就矗立在道路中央，用很溫柔的眼睛凝視我們。牠看起來優美而柔弱，在那裡駐足了好幾秒，才接受踏著優雅的搖曳步伐穿越車道。我的腦海裡迴響著媽媽在保齡球館說的那句話：一切脆弱的事物都很美。

「輪你上場了！」爸爸一邊在拿破崙家前面停車，一邊對我說。

消防員還在那裡，他睡著了，面前擺著一杯冷掉的咖啡，身上裹著一條方塊圖案的大毯子。整間屋子裡瀰漫著焦味，而廚房裡看起來就像煤炭一樣烏黑。句點緩慢而蹣跚地朝我走來，用充滿疑惑的目光望著我。牠似乎很清楚事情的經過。然後牠側著身子倒在地上。

「我就是總司令。」我對消防員說。

「好奇特的軍隊。」他回應。

❖

我一看到拿破崙，立刻就感覺到我永遠都不想感受的事：我眼中的他極爲蒼老。我面對一位高齡的老先生，而如同我在夢中經歷的那種不安使我腹部絞痛。一股威脅蔓延開來。

接下的幾分鐘裡，我都覺得自己彷彿是隱形人；我發覺他不完全認得我。他似乎用目光從我的臉上尋找關於某人的回憶，他曾經在某個地方遇到這個人，但已經忘了他的名字。

有一個漏水的水龍頭每秒都滴下一滴水，就像節拍器那麼規律，水珠惱人地滴落到磁磚上破碎。

撲咚——撲咚——撲咚

而我覺得這個漏水是在計算時間。突然間，拿破崙做手勢要我過去，然後悄悄在我耳邊說：

「我把卡門貝爾乳酪藏起來了，不要告訴別人。」

他看到我驚愕的表情，繼續說：

「那個消防員……他是爲了拿走卡門貝爾而來的。幸虧我立刻就識破了。你眞該看看他打開冰箱時的表情。他差點就在頭盔裡塞滿乳酪了！去看看，快去。」

他帶著喜悅的眼神，已經歡欣雀躍起來，並尾隨我進了廚房；裡面一片慘澹，牆壁都被燻黑了。燒焦的富美家美耐板的刺鼻氣味衝進喉嚨。我打開冰箱，然後忍不住笑了出來。我轉身朝向爺爺。

「你怎麼會把你所有的運動短褲都擺在冰箱裡？還有你怎麼會有這麼多件啊？」

裡面至少有大約一百件，全都排列得整整齊齊。

他有聽到我的問題嗎？他眼睛盯著天花板，眉頭深鎖，一邊呢喃：

「得好好漆一下這邊……」

「噯，你這些運動短褲，爲什麼會在這裡面？」我繼續追問。

「爲什麼？」他回答。「就是爲了讓她不爽啊！」

「你在說誰呀？我完全搞不懂，你知道嗎。」

他放聲而笑。

「誰？你呀，你太誇張了吧。腦筋有點打結了嗎？你明明知道嘛。就是戴揚達克太太啊。」

我知道這個姓。這是拿破崙的小學老師的姓，而且他經常同時摻雜著怨恨和好感談到她。

「你把你這些運動短褲放在冰箱裡，是爲了讓戴揚達克太太不爽？」

「沒錯。讓她還有消防員不爽。事實上——絕對不要告訴別人——可是你看喔，這個消防員是她兒子……他是她的私生子。這個啊，這是偷竊。他們串通好了。他們兩個都想偷走我的卡門貝爾。嘿嘿，不過我可沒那麼傻，我已經把卡門貝爾藏起來了！而相反的，他們卻意外發現了運動短褲。裡面可是一大堆呢！」他挑起一邊的太陽穴。

撲咚——撲咚——撲咚

後來，過了幾秒，他突然似乎恢復清醒。

「啊，可可，你來啦！我一直在等你。話說，你的帽子眞好看呢。」

「謝謝爺爺。」

「別這樣叫我！你有稍微看到發生的事情嗎？我都不曉得發生了什麼。你呢，你曉得嗎？」

「不曉得。」

「可能是電線短路，嗯？」

「可能吧。」

「你曉得嗎，這個晚上眞奇怪，我回憶起一大堆事情。我記憶力眞是好的要命。一切都儲存在腦子裡。」

他用拳頭敲敲頭，接著問我：

「你的生日是哪一天啊？我想不起來了。」

「你忘了嗎？」

「也不是眞的忘了，只是不確定。」

「是在五月，」我說。「十八號。」

「在五月，十八號，」他低聲地重覆，「對耶。」

他似乎若有所思，開始仔細地盤算起來。突然間，他興致勃勃：

「還有啊，關於計程車，我之前派給你的任務，你知道的，那個沙灘⋯⋯」

「是啊，我的皇上，我很清楚它在哪裡。就在一座叫做烏爾加特的小村莊。」

「對了，就是這個名字。是這個名字沒錯。我什麼都記得，偏偏就是忘了這個。烏爾——加特。就像嘴裡含著熱騰騰的焦糖似的。這個沙灘，它不見得那麼小。」

他顯然大鬆了一口氣。我在心裡默默發誓要竭盡全力，永遠都不要忘記這個沙灘的名字。

「可可，我有個東西要託付給你。到地下室去。那個東西就放在有拳擊手套、袋子和所有其他東西的那一層。」

「好，知道了。」

「你會看到一罐氧化鎂，你知道，就是我們爲了避免手在手套裡摩擦受傷，事先擦的白粉。」

「好。」

他笑出聲音。

「只不過裡面裝的不是氧化鎂。哈！哈！我偷偷藏起來了……至少我確定約瑟芬管不著。」

幾分鐘後，我拿著拿破崙說的那個廣口瓶回來，他馬上打開了它。

「聞聞看，」他說，「聞一下。」

那是沙灘的味道。這些沙子和約瑟芬保留的一樣。同樣芬芳的昔日淡淡香氣，重新喚起了拿破崙和約瑟芬一起漫步在這片海灘的情景。我不禁想像著他們倆總共二十隻腳趾在沙地留下的足印。

「可別跟任何人說喔。暗中抵抗。我有我的尊嚴。以後，你身為總司令，要負責好好守護王國的這些珍貴遺物。」

他重新蓋上瓶子，使盡全力扭緊瓶蓋。

奶奶的來信

我親愛的乖孫：

真遺憾你們前幾天匆匆忙忙離開，互相道別很重要，尤其是我在聖誕夜完全失常了，我有點……你們年輕人是怎麼說的來著？我想是發飆吧，不管怎麼樣第二天酒精已經消退到膝蓋了，那天下著雨，那是我第一次沒和拿破崙一起過耶誕節，而艾德華又打電話來，他想跟我談未來，他搞錯了，因為我呢我只想聽人談論過去。

不過我們還是在一間茶室碰面了，看得出來他不太知道怎麼提起結婚這檔事，這個大呆瓜，他不時扭動兩邊的屁股，像是想尿尿，不過挺令人同情的，而且這尤其幫了我一個忙因為我也跟他一樣不曉得該怎麼扭轉事態。如果單純說不，我覺得這有點殘忍，總之我不想回應他的問題，甚至連跟他聊聊都不想。於是我向他提出沒什麼有趣話題可聊的時候總會提議的事：去看電影。真不知道如果沒有電影的話還能做什麼。

我想看喜劇片，而他說正在上演一部很好看而且很有娛樂性的一個叫黑澤明拍的電影片名是《七武士》，我可真的完完全全都看不懂，首先這是一部黑白片，可是裡面黑的部分比白的還多，故事發生在很久很久以前那時候的人不常笑，整部片的長度整整有207分鐘，根據艾德華，這是因為我們很幸運能看到長的版本，至於短的版本，他已經看過六次了，幸好他們只有七個武士，如果他們一共有二十個的話我們就會在電影院待上兩天，而且他們彼此都很像都戴帽子也留鬍子，其中有一個有點像艾德華而在片尾播出工作人員字幕時他（艾德，而不是那個武士）問我覺得怎麼樣而我為了緩和一下氣氛就說我覺得不和也不壞[25]，可是這個回答他覺得一點都不好笑，他用一副嚴肅的神情看著我，甚至還說我完全不尊重先人的文化，說我缺乏精神方面的素養而這是他跟我之間很大的差別，經過了207分鐘的日式打打殺殺我總算還是有權利玩填字遊戲吧，儘管這很蠢，而這就是跟艾德華在一起的問題，他總是每件事都很嚴肅，總之，這是其中的一個問題。第二個問題是，他不是拿破崙，我於是開始生悶氣。就像個小女孩一樣，這樣過了十五分鐘，實際情況就是我們正在像狗和貓一樣在吵架，他對我說：「別這樣，我親愛的約瑟芬，哎呀，我們在拌嘴。這真迷人啊！」

25 「不和」其法文原文爲nippon，意指「日本的」，也是法文「不好」（ni bon）的諧音。日本的別稱爲「大和」，又「和」與「好」諧音。

某方面我很慶幸沒有再談起婚事，我完全不曉得該怎麼表達事情也不知道怎麼解釋其實我一心只想著拿破崙，彷彿我還只有十五歲，尤其是自從我們聞過那些沙子和看過地圖以來，但你可別跟他說，拿破崙這個人雖然不看武士片，可是他就跟那些武士一樣滿腦子陰謀詭計。

最後他終於平靜下來而且換了話題，我覺得他也一樣，並不是很想要固定的關係，他跟我說他不想花時間自己煮飯或者做家事，還有他會找一個女幫手幫他打理每天生活上的事情，他用一種遺憾的眼神看著我，而且他還丟下我一個人在那，就像這樣，幾乎完全沒有跟我預告，他的藉口是他得忙著處理這個問題還有打電話找合適的人，突然間，我獨自一個人回家，沿著湖邊走，心裡有點難過。

我很為難，畢竟雖然有這些武士、蓋住耳朵的毛皮帽還有氂牛毛，但艾德華仍然是個很溫柔又體貼的人而我思考著自己是不是錯過了什麼。拿破崙還是艾德華？想像拿破崙和艾德華分別在天平的兩端還真好玩，天平一會兒倒向這邊，一會兒又倒向另外一邊，我獨自想著想著就笑了，到我這把年紀還遇到這種問題還真怪。湖面上，一家三隻天鵝往前游並在水面留下淺淺的痕跡，天色暗了而我得抵抗我的憂傷之類的，如果好好想一想，這還不都是拿破崙害的，我很難開口承認可是我很想知道他過得好不好還有他的新人生現在怎麼樣了，像他那麼趾高氣昂的人，儘管水深火熱但還是永遠都不會講出來，但不管怎麼樣，心裡有話還是可以說，拿破崙哪，他是我生命中唯一的太陽，而即使他現在夕陽西下，他還是繼續帶給我溫暖哪，想到這裡我就感覺到腳底下的沙子，而且還聽到海浪的聲音，和從前一模一樣，你知道嗎，時間不會流逝，當我們老了所領悟的就只有這件事。坦白講，我的孫子啊，感情的事，實在很複雜，複雜透了，最慘的就是當我們愈來愈老卻懂得愈來愈少，而如果可以選擇的話，哎我認為最好還是別陷得太深，我要重新去打我的毛線了，就像那個笨潘妮洛普一樣。

擁抱你的奶奶

我皇上的最後一場競賽就這樣展開了，這是一場雙方實力懸殊的搏鬥！敵人難以捉摸。他知道要打哪裡，而且瞄得很準。對著身體、朝著頭部、打向心坎。他很清楚怎麼打會讓對手疼痛、受挫和屈辱；他完美地掌握這場搏鬥的各個面向，善加發揮閃躲和僞裝的技倆，而且讓拿破崙絲毫不得喘息。日以繼夜，我的皇上飽受侵擾，親身經歷一次又一次的凌辱。他一邊的膝蓋跪在地上，但是重新再站起來。一次、兩次、十次。敵人從很久很久以前就在琢磨他的計謀。這是藉著使拿破崙的肌肉消瘦來攻擊他的身軀，並透過中斷他的記憶而挫敗他的士氣。

這匹野獸很狡詐，牠懂得使可憐的獵物四處撲空，而且讓他們懷抱虛幻的希望，以更澈底殲滅他們，這隻猛獸具有透出凶光的眼眸，這匹土狼有時返回並隱身在樹林裡，好更隱密地窺探我們。於是，我有時會以爲重新見到我向來認識的拿破崙。在某些日子，他容光煥發，而且重拾他刻薄的語調：

「他們永遠都不可能遣送我！我們明天去打保齡球怎麼樣呀，可可？」

「太棒了，我的皇上，」我噙著淚水回答。

「如果很棒，你哭什麼呢？啊我懂了……你被留校察看了？是這樣嗎，可可？」

他一臉憤怒的表情卻夾雜著笑容的皺紋，眼神充滿溫存。

「連我的司令都拋下我了！」他用僅有的微弱聲音說。

我低下頭。爸爸要我一旦發現拿破崙的房子裡沒有人或是他把車開走了，就通知他。爸爸請了一位女士每天來幫忙幾個小時。這位女士很溫柔，拿破崙有時會把她誤認成約瑟芬、夏令營的主持人、女郵差或甚至是他的媽媽。她是這麼低調，以至於和走廊的壁紙的模糊色彩融爲一體。

「對啦，好吧，也是，」他有一天說道，「我承認自己有時候會心不在焉，可是也不必因爲這樣就小題大做啊。關於開帆船環遊世界，這可能沒成，這我接受，但至於其他的事呢……至於輕型摩托車啊，我只要一輛兩百五十 C.C. 的就好了。我口袋還是夠深的。未來的人生還很長呢。」

「那純粹會是一個最小的王國，我的皇上。」

「沒錯，可可，完全正確。大小不重要，重要的是好好統治。靠過來一點。」

比腕力。從前讓我們倆意氣相投的這個活動如今卻令我害怕。現在換成是我假裝咬緊牙關、努力抵抗、撐不下去。我的手被壓到桌上。他相信我嗎？還是他在演戲？爲什麼這些勝利只讓他皮笑肉不笑呢？

在這些事件之後，拿破崙再度陷入衰弱的片刻，而我在他眼中再度變成了隱形人。我希望透過世界語的感染，能夠重新燃起他的記憶的餘燼。

「Sed imperiisto mia, jen mi, via ĉefgeneral! Bubo via. Imperion ni nepre defendu. La landlimoj estas atakitaj!（我的皇上啊，是我，你的總司令！你的可可。我們要守護王國。敵人攻進我們的前線了！）」

但是這無濟於事。他僅僅傻笑著，嘴角下垂。

「我是你的總司令。你的可可！」我繼續強調，不相信他無法了解。

「我想您搞錯了，年輕人。我既不是皇帝，也從來都沒有總司令。」

我去把洛基的照片拿來。

「爺爺，他呢，洛基。那個把一切都給了你的拳擊手。」

在這些精神渙散的時刻，似乎唯有洛基的照片能將他從失憶的蜘蛛網深淵裡拯救出來。他如此柔和地微笑著，指尖在洛基流汗的臉龐上移動，令我熱淚盈眶。他沒有完全認出洛基，但似乎思索著照片裡的人可能屬於他人生中的哪個時期。但他最後嘆了口氣，放棄了。

「離開之前，別忘了把您的狗帶走。我對狗毛過敏。」

我變成了沒有皇上的司令。有一天，我在傷心欲絕之下，想到一個點子——去打開那個裝著沙子的小瓶子。拿破崙好奇地看著我。

「您打算做什麼，我的司令，我覺得這很詭異，而且您眞是有怪癖。我眞的要聞這些沙子呀？」

「是的，我的皇上。」

「我希望您不會讓我聞到像大便的臭味。」

他嗅聞著，一邊閉著雙眼。昔日的氣息似乎穿越他朦朧的記憶飄散而出。

「啊，的確，這讓我想起某個東西。我不清楚是什麼，不過……我可以再聞一次嗎？」

我點頭表示贊同。

「噢。好香的味道！」

「這是約瑟芬的海灘上的沙子。你不記得了嗎？那片小沙灘……我的皇上……」

「不要再說這個可笑的稱號了。我難道有一副皇帝的樣子嗎？說到這個，怎麼不單純就叫我爺爺就好了呢？而且，實際上，我努力地想著您在這裡做什麼。但是我卻覺得好像在哪裡見過您……或者您有點像我從前認識的某一個人。」

接下來的那個晚上，電話在半夜響起。是在埃夫勒一帶的加油站的站長打來的。拿破崙在寶獅 404 裡加滿了柴油，讓車子很不舒服。幸虧爸爸已經預先採取措施，在寶獅 404 的前座雜物箱裡放了一張字條，上面寫著我們家的電話號碼。

「埃夫勒？」爸爸很驚訝，一邊換著衣服。「老天哪，怎麼會到諾曼第去呢？李歐納，你曉得爲什麼嗎？」

「不曉得，爸，我不知道。」

「埃夫勒那邊有拳擊場嗎？」

在這場崩潰之中，幸好還有一千歐元競賽的廣播節目。我獲得爸媽的同意，不必到學生餐廳午餐，就爲了好好和拿破崙共度這十五分鐘的休戰和夢幻。在這幸福的一刻鐘裡，我重新看到他充滿鬥志、蓄勢待發，而且記憶力完好無損，還像利刃一般敏銳。

「藍色問題，」主持人宣佈，「專心注意聽了。雨果的一個女兒後來發瘋了。她叫什麼名字？」

兩個參賽者竊竊私語，接著專心思考了幾秒鐘。

「雨果！」其中一位答道。

「不是啦，要回答名。」

「啊，比這個更難！」

兩位參賽者再度低聲討論：嗯嗯嗯……不，對，可能是……就是這個！

「我們要答了：薇克朵恩（Victorine）[26]！」
「錯，」那個叫什麼的說。
「啊？那是伍貴特（Huguette）嗎？」
「也不是。」
「瑪瑟琳（Marcelline）？」
「亂答一通！」拿破崙插話。「愛黛兒（Adèle）。」
「你確定？」我問他。
「我確定的很。他應該得到的不是頭獎，而是在屁股上給好好踢一腳！她甚至都已經死了，愛黛兒！哈哈！這個文字遊戲[27]你明白嗎，可可？」
「眞有趣。」
他從哪裡聽說過雨果的女兒呢？我從來沒看過他打開任何一本書，可是他卻毫不猶豫、不

26 在法文名字中，薇克朵恩（Victorine）是維克多（Victor，即雨果的名）的女性版本。
27 Adèle 和法文的「永別」（adieu）近似。

假思索，立刻就答出來：

「蒙古的首府在哪裡？太簡單了！烏蘭巴托嘛。」

「賈利・古柏是在哪一部電影演出靈克・瓊斯（Link Jones）的角色？」

「當然是在《西部人》啦。一九五八年的片子。眞是把我們當白痴！」

「海星？就是海裡的星星嘛，可憐的窩囊廢！這全世界都知道！」

當我關掉收音機的時候，我覺得似乎也關上了我的皇上的意識。就好像只剩下這個我們沒看見的主持人的聲音，還有這些很節制的群眾的叫喊，才能使他繼續立足在這個世界中。

「玩完了，」他說。「現在該做些嚴肅的事了。」

他是指什麼呢？我此刻必須回教室、這樣地留下他，讓他獨自面對句點和他貪婪的勁敵。

我關上了背後的門。

❖

我們從約瑟芬家回來之後，我就把鴨舌帽還給亞歷山大，還把媽媽的圖畫一併送給他。他才剛爲重拾那頂煥然一新的帽子而驚喜，就立刻直接把它戴在頭上，接著凝望著那幅畫，許久之後才細心地把它收進書包。

「我這輩子都會一直看這幅畫，」他單純地說。「你媽媽是眞正的藝術家。你眞幸運。只有透過藝術家才能將事物化爲永恆。」後來，他一路上都一言不發。我感到他的心就要碎了。

後來的幾個星期裡，他總是在我家門前和我分別。每次我們分開的時候，我都不可遏抑地想問他關於出現在他那頂特別的鴨舌帽內圈上的R. R. 這兩個開頭字母，可是我擔心自己會顯得冒失，而且被他拒絕。

有一天，我請他進到我家。

「有人在等我，」他單純這麼說，一邊慢慢地倒退走遠。

亞歷山大讓我覺得他將自己囚禁在他的祕密裡。我想，唯有他能決定何時向別人道出他的故事，而這一刻或許永遠都不會到來。

我媽媽習慣把東西弄得亂亂的——凌亂的程度比她的沉默寡言還嚴重，她經常把畫冊散落在各處。有一天晚上，我發現其中一本呈現出我從來沒看過的主題：各式各樣的昆蟲。它們都還只是模糊的草圖、快速勾勒的速寫，不過一如媽媽每次開始對某個主題感到熱中時的情況，她都會一下子就先畫十幾個圖形。

我問她關於這些昆蟲的圖畫。她向我透露，她在某個晚上巧遇亞歷山大。她從他戴的奇特鴨舌帽認出了他。而她和我一樣都不禁跟隨他的腳步。亞歷山大執意保護人們通常會不知不覺踩死的這些小蟲子，這種奇特而耐心的執著吸引並打動了她，使她不由自主地取出剛剛才買的彩色鉛筆。

她聆聽亞歷山大說話，他滔滔不絕地談論四紋豆象、小天牛或具有古銅色澤的甲蟲。「他就跟他自己保護的那些昆蟲一樣脆弱，」媽媽對我說。「真是充滿詩意，」她單純地補充道。「甚至塵土裡都帶有詩意！」

❖

媽媽是對的。而這種詩意甚至可能也深藏在拿破崙的夜間神遊裡。這些神遊——冒險——是如此出乎意料，而且爸爸和我投身的這些追逐是這麼離奇，以至於我有時幾乎懷疑這一切是否是眞的。

除了亞歷山大之外，任何人都不會相信這些故事，而且會嘲笑或絲毫不屑一顧。但是亞歷山大卻如此等不及地期待這些故事，而且帶著明顯的熱情聆聽，他於是把我爺爺化身成永難忘懷的史詩英雄。

「你故事說得眞精彩。拿一顆彈珠吧。不，拿兩個吧！」

❖

在春天的這些夜晚，電話經常在半夜響起。我已經慣於等待和感覺這些來電。我都穿著外出服睡覺。爸爸接到電話就立刻跨出急忙的腳步。他往往愁容滿面地突然出現在我的臥室。

「我們走吧。得開一段路。」

拳擊場、第二十號國道路旁的休息站、毫無人跡的加油站、徹夜開張的快餐店：拿破崙惹盡麻煩，讓我們疲於奔命。有時候是他搭的便車的駕駛人打電話給我們，有時候則是加油站的站長、長途貨車司機（拿破崙在他的卡車裡睡著）、公路收費站的員工、農夫（他發現拿破崙在他養的一頭牛身上）、在巴黎盡頭的一間拳擊場的教練、火車站的站長（他從一間候車室救出拿破崙），或是火車查票員（爺爺打開了火車上的警報器）。他怎麼能坐輪椅跨越這麼遠的距離？這完全是個謎。拿破崙並不總是認得出我們，而且有一天晚上，他還把我爸爸誤認成他從前的拳擊教練裘裘・拉格宏吉。

「裘裘，我的手套不見了！」他一邊看著自己瘦骨嶙峋的小拳頭一邊說。

在別的時候，事情就沒那麼簡單了：拿破崙在大半夜裡高嚷綁架，吸引了好奇的路人。爸爸必須向一大群夜間出沒的伸張正義者（長途貨車司機、單車騎士、地獄天使[28]、巡迴各地的籃球隊伍）解釋，而這些惹人矚目的爭吵讓他們排遣無聊。

「我不是跟您們說他是我爸爸嗎！」爸爸自我辯護。

「才不是咧，」拿破崙高聲叫道，「他才不是我兒子呢。您弄錯了。所有的人都搞錯了。」

這句令人絕望的話再度在停車場和黑暗中迴響：

「我和各位說了，他不是我兒子！」

我和爸爸一旦擺脫了跟拿破崙站在同一邊的群眾，接著就必須聯手努力安撫他，並帶他坐上車子，而在最初的幾公里路途上，他會繼續咕噥，後來才沉沉睡去。蜷縮在汽車座位深處的他顯得很瘦小。

有時候，拿破崙突然回到現實，看起來似乎大夢初醒。他問我：

「可可呀，你在這裡幹嘛？」

「我的皇上，你出門神遊了……你呀，眞是無敵的梭魚。」

「梭魚！」他以克羅德・弗朗索瓦那首歌的音調重複說。

他用下巴指向我爸爸。

「Ni venkos per erozio! Ĉu?（我們消耗他的精力！對吧？）」

「Mi tutcertas, imperiisto mia!（這我很確定，我的皇上！）」

「他在講什麼？」爸爸問。

「噢沒什麼呀，就只是說他很高興有你在。」

最後的這些時日裡，拿破崙至少每個禮拜都會重玩一次他的老把戲，而如果這些劃破夜晚的電話鈴響使我憂慮，但我也期待著它們，像是召喚我動身冒險。

有時候，爸爸和我會把車子停在國道的路邊，待在有點骯髒但開到很晚的場所，在裡面喝杯咖啡和問路。這些不眞實的地點打開了他的話匣子，而他有時會向我透露他的疑惑。

「有時候我思索……拳擊和拿破崙……我懷疑……」

對，我腦中有時也會閃過這個想法，可是我總覺得那是一種褻瀆而加以否決。確實留下了所有這些照片，但畫面中打拳的是個年輕人。他和我向來認識的這個老人絲毫沒有任何相似的地方。他和洛基一樣，在拳擊界都是用化名，而我們家族的姓氏——波納爾從來都沒有出現在

28　一九四八年在美國加州成立的摩托車騎士俱樂部名稱，成員大都騎哈雷重型機車。

任何文獻裡。

怎麼知道拿破崙的王國最終不過只是紙張和謊言構成的一座巨大金字塔？

但是此刻該問誰呢？約瑟芬？她從來沒有親眼看過拿破崙打拳，所以她終究不會比我們更清楚。

23

在某個星期六上午，我在書桌上發現一本裝訂精美的冊子。媽媽用毛線把她的圖畫綁串在一起，如此構成了某種小專輯。裡面的第一頁寫著：

《拿破崙紀念冊》

我很想立刻打開來看，但最後還是站起來，爬上樓，進到媽媽的畫室。裡面沒有人。廚房裡也沒有人，但我看到爸媽留的一張字條，說他們有事必須外出，還要我別擔心。

我很快地穿好衣服，騎上單車，穿過我感到從腳邊掠過的清新空氣。新春的溫和氣候裡，躍動著光明和希望。

我抵達拿破崙的家。他顯然在等我。他剛刮好鬍子，還把白髮往後梳得很漂亮，身上穿著和我爸媽一起上保齡球館那個晚上相同的白色服裝。他的精神極爲抖擻。彷彿敵人已經撤退了。客廳中央放著一個小行李箱和那顆黑色保齡球。

「啊，你來了。我在等你。天氣很好，是吧？」

他的嗓音清澈而且中氣十足。他發覺我的目光被那個行李箱吸引。

「別爲那個行李箱擔心，我只是打算度度假。可是最後我們還是會做別的事情。把落地窗打開，可可。」

我們面對荒蕪的花園，深深地吸氣，讓空氣充滿胸臆。

「啊，春天！」他說。「春天哪，我的可可，眞是再好不過了。人生的春天尤其是這樣。」

我笑了。他也露出笑容。

「可可，」他說，「我完全不曉得眼前還剩下多少時間。咱們可別虛擲光陰呀！」

他指著我腋下夾著的那本冊子。

「你帶什麼來呀？讓我看一下。裡頭可沒有太多字吧？」

「沒有。都是畫面，」我一邊說，一邊伸手把畫冊遞給他。

「因爲你也曉得，我可不想想破頭。今天不要這樣。這顆頭已經像這樣坑坑疤疤的了！」

然後他放聲而笑。他的眼角泛著小小的淚珠。

「喔看看這個……眞精美的紀念冊……這其實是送給我的禮物嗎？」

「是呀，沒錯。算是一種禮物吧。這是《拿破崙紀念冊》。是爲你慶生的。」

「我生日還久的很，不過你是對的，這很難說。最好還是提前。面對敵人，總是要先發制人。」

我們短暫地四目相接。他露出認眞的神情，並開始用他長長的手指翻冊子的內頁。

這些出自媽媽筆下、依時間順序排列的圖畫一一展現在我們眼前，而每一幅圖畫都令拿破崙露出生動的表情。他和洛基打的最後一場拳擊賽；他在計程車上初次邂逅約瑟芬；他們倆在潮濕的海灘沙地留下的足印；螢光領帶的插曲；在白色保齡球瓶之間的黑球；我爸爸在廚房裡模仿打拳的姿勢；作爲第十一個保齡球瓶的爸爸的頭。拿破崙興味盎然地瞇起眼睛、溫柔地笑，或是驚訝地張嘴。他看到約瑟芬在花園對他溫情地揮手，他也向她揮揮手，一邊說著我聽不懂的話。

「他媽的，」他說，「但我還是別哭。我眞感動。」

在這些圖畫之中，媽媽只出現過一次。她當時和拿破崙在一起，兩人並坐在一個穿著白色罩衫的男人面前。某種既溫柔又哀傷的氣氛籠罩著這三個人物。我好奇地問：

「這是在哪兒呀？」

「喔，沒有啦，可可，這是幾個月前，我跟你媽媽去散散步，很愉快。我們玩得很高興。如果未來我投胎轉世，那我會選擇變成她手中的畫筆。」

那是有一次去看醫生。我很確定。就在離婚之前。

這本專輯的最後幾頁就和這間醫院的牆壁一樣空白。這些空的頁面要由拿破崙來寫。

「讀夠了，」他突然說道。「現在，來動一動吧。」

一如從前，他披上了黑色皮夾克。

「咱們出走吧！來吧，可可。」

我們坐上寶獅 404。他似乎看出我有所猶豫。

「走吧，我們最後一次要花招。」

他總是擺出這個充滿保護和溫柔的姿態：每次煞車時，他都會在安全帶前面做出反射動作——伸出手臂擋在我前面。在闖了三個紅燈、五次違規擋住其他車輛之後，他突然頓時停在一間理髮廳前，那裡僅有的空間恰好容得下一輛小汽車。

「我的皇上呀，這個車位會不會有點小呢？」

「不會啊，只要禮貌地要求就好了。」

往前一撞、往後一撞，兩根保險桿被撞壞了，寶獅 404 幾乎剛好塞進那個空間。

「看吧，可可，位子大的很。而且他們還可以吊銷我的駕照。我才不管咧，反正我根本沒駕照！」

路上的駕駛人紛紛按喇叭回應他的停車方式。

「有人想要我在他嘴上揍一拳嗎？」他透過車窗往外叫道。「一群野人！啊，沒有什麼比好好發個脾氣更讓自己覺得年輕了！」

我展開他的輪椅，他坐了上去。他把手指向理髮廳。

「你想重新造型一下？」我問。

「我單純只是想讓自己體面一點。第一印象啊，這很重要。」

我坐在椅子上，看著一縷縷髮絲掉在地上，猶如雪花。我瘋狂地想撿起一縷頭髮，可是不敢這麼做。我們的目光時而在鏡子裡相交。最後，理髮師在拿破崙的後腦勺端著一面小鏡子。

「您覺得這樣好嗎？」他問。

「好極了。是吧，可可？」

「好帥喔。」

「要不要我幫您做出鬢角[29]？」理髮師問。

「您要我走路，是嗎？」拿破崙回應。

29 「鬢角」的法文 patte 也指爪子或腳，因此，在下文中，拿破崙回應「您要我走路」。

然後他們兩個人同時放聲大笑。拿破崙到了人行道上的時候，猶豫了起來。

「我不想回家，可可。咱們去喝一杯吧！之後情況可就難了。」

「在什麼之後？」

「之後，就是之後。不管怎麼樣，我有話要跟你說。」

我的心怦怦跳。這幾個禮拜以來，我都覺得拿破崙和我只剩下最後幾次見面機會了。

咖啡廳裡眞是人聲鼎沸。有年輕人、老人、家庭、獨身的人，全世界的人彷彿都約好一起聚在這裡。拿破崙把輪椅掛在嬰兒車和滑板車之間。

「來杯可樂嗎，可可？」

我笑著點頭表示贊成。

「兩杯可樂！」他高聲地點飲料，一邊把手指彈出聲音。

他的目光環視著周遭的人。他的眼裡閃現倦意，我已經很習慣看到他這樣了。在消逝之前，還剩下多少時間？十五分鐘？半個小時？計時器掌握在敵人手中。

「還記得嗎，可可，我住院的那時候？那時候我腰痛。嗯？我很納悶爲什麼大家都不能待在原地，卻總是到處跑來跑去。從來都不能在同一個地方待上五分鐘。」

「記得。」

服務生把兩杯可樂端到我們面前。拿破崙從口袋掏出一張五十歐元的鈔票。

「不用找了！嗳今天呢，我知道答案了。」

他得意洋洋地看著我。我有點失望，畢竟我原本巴望知道拿破崙的祕密，而……

「是啊，我知道答案了，而且這答案很簡單。因爲他們覺得無聊，就這麼簡單。而當人覺得無聊的時候呢，就會有不好的想法。尤其是某一個想法。就因爲這個原因，所以人們總是到處跑，才能夠不去想、而且避開這個想法。」

「到底是什麼想法呢？」

他用牙齒咬開吸管的紙套，接著往套子裡吹氣，把它吹到桌子的上方。這支小火箭在空中盤旋了一會兒，最後插在一位女士的髮絲上，但是她沒有發覺。

「你看，」拿破崙說，「我八十六歲了。我看起來沒這把年紀，的確，但我確實這麼老了。」

「嗯。」

「用世足盃來表示。來吧，還可以練練算數。在桌上除除看……讓我看看。對啦。」

「二十一點五。」

不到二十二屆無足輕重的世足盃兒。而我經過了人生中最初的兩屆。我爸爸已經十幾屆了。我們的人生最後只簡化到這樣——幾屆世足盃，還有最後的那聲哨子。

「很發人深省，對不對？」

我很想嚎啕大哭。我們周遭的喧嘩聲形成一塊厚厚的布，而我在其中奮力掙扎。吧台上的玻璃杯碰撞聲猶如釘子戳進我的腦袋。我很想讓留下我的皇上獨自在那裡，讓他自己想辦法。

「好吧，可可，時間不多了。計數器，老是計數器。我還有另外一件事要跟你說，而且這件事還更重要。準備好了嗎？嗯？一個祕密……」

他面露猶豫的神色，等待我露出鼓勵的表情。

「我不會告訴任何人，」我安撫他說，「我保證。」

「噓，嗯？」

「而且絕口不言。」

他左右張望，彷彿我們可能被間諜竊聽。他看起來猶如驚弓之鳥。

「嗳，可可，我說呀：你看，數字我還搞得清楚。可是別的東西……我啊……我……」

他倒吸了一口氣，接著很快脫口而出：

「我不識字。就這樣，說完了！嗳呀，講出來眞痛快。」

「不識字？不識字……你是說……」

「不識字，就這樣。當然也不會寫字。這總不難了解吧。一個字都不會寫。完全不會。」

他指著牆上的一張海報，海報上宣告一場馬術大賽。

「比如說，那邊，這張海報，我什麼都不懂。我只看出一匹馬兒。我從來都沒有學成，學這個我很快就覺得煩了，而且我總是作弊。我一輩子都是這樣。甚至連戴揚達克太太都完全搞不懂。」

我想起約瑟芬，而我還沒開口問，他就說：

「她從來都沒看出來。當然囉，我也從來都不敢告訴她。尤其是我們頭一次見面那天，在計程車上，她問我喜不喜歡一個我已經記不得是誰寫的小說。然後我說喜歡，超喜歡的。事情就這樣開始了。你開始扯謊，然後你就掉進你謊話的陷阱。字、標點符號、重音，所有這一切，我從來都搞不懂它們的規則。而且旅行的時候，就像在我這一行的情況，我們只要一跨越國境啊，就都不一樣了，一點用都沒有。在拳擊界，更是特別要能看出對手眼裡的恐懼和懷疑；而這個呢，你從任何書本都學不到。」

「可是你開計程車的時候呢，你怎麼辦啊？」

「我靠直覺引導。」

「喲，你太厲害了。眞是個狡詐的皇帝。」

「謝謝呀，可可。你知道你爸幾歲開始識字嗎？四歲。他四歲就識字了。我跟他提說去看拳擊賽，他卻老愛讀他的書。眞是個小屁孩。在他能識字之前，他成天要我說故事給他聽，每天都這樣。於是我隨便拿起一本書，然後跟著裡面的插圖亂說一通。他竟然全都相信哩！」

他調皮而得意地冷笑，接著示意要我湊近一點。

「好好聽我說，可可，我可以對你坦承，其實我很想學。」

「學識字？」我低聲說。

「對，我的司令，學識字，不是學縫紉。我不知道敵人會不會給我們這個時間。這將是我的最後一場征戰！我很清楚我不太會用到，但總還是派得上用場。有時候，在天上，他們叫人塡表格！」

我低下頭。理髮院。我單純只是想讓自己體面一點。第一印象啊，這很重要。客廳中央的行李箱。我們四目相接。我從這些事發覺他放棄了——他已經接受離開家裡。

「別把這個看成撤退，可可。更不要認爲這是投降。這只是單純的聲東擊西而已。我們誘騙敵人，叫他們上當。」

「我們騙他們。」

「就是這樣，沒錯，我們騙他們。你全都懂了。還有別哭，不然他會趁虛而入。而且啊，我規劃好了。你有紙跟筆嗎？」

他從我的眼神裡看出懷疑。

「我要口述我的情況，」他說。「你看，我有點怕會忘記！」

我在紙上振筆疾書，逐字逐句記下他說出的所有句子。有時候，他強調某一點，於是清楚指出：

「好好強調出來。這很重要。」

我就這樣寫滿了整張紙。拿破崙看起來如釋重負。

「你的皇上會迎戰到底，而且永遠絲毫不會鬆懈。而且我們會保持聯絡，對吧？」

「是啊，我的皇上，我們保持聯絡。永遠都會。」

「奇怪了，我竟然覺得冷。我們回去吧？」

◈

時間一直透過水龍頭惱人的撲咚——撲咚——撲咚滲漏而出。我覺得這些水滴似乎以愈加響亮的聲音滴落到瓷磚上。我很想用腳踢房間中央那個小行李箱。拿破崙像是頭一次發現他的屋似地環伺著它。

「我的皇上啊……」

他嚇了一跳。我們的目光相交；他的藍色眼珠盡是翻攪著他猶如叢林般濃密的記憶。過去和現在猶如藤蔓錯綜交纏。

「聽聽看這些句子，爺爺：掉在磁磚上的三滴水珠。玻璃窗後面的樹。氣息。」

「這滿美的。感覺像是世界大戰時倫敦廣播電台的密碼訊息。」

「這是日本的詩。叫做俳句。」

「那這有什麼用句？喔不，有什麼用處？」

「這是用來捕捉事物的稍縱即逝。」

他皺起眉頭。

「稍縱即逝，」我重複說，「這是指事物逐漸消逝，必須在它們完全消失之前捕捉它們。」

拿破崙的一隻手開始在身子前面抖動起來，彷彿被燙傷似的。

「再舉個例子吧，嗯，關於你說的那個我搞不懂的稍什麼的！」

我閉上雙眼。我感到拿破崙的目光注視著我。

「啊，有了：一個孤獨的行李箱。鑲木地板上的球。空無一人。」

「很好，沒有太多字嘛。我來試試看？」

他很專心，吸滿了一口氣，接著一下子脫口而出：

「嘴巴上的一個直拳。流血的鼻子。被打倒了。」

他等著看我的反應。

「不賴！」我說。「眞的很不賴。」

他極爲消瘦的臉龐浮現出一抹無盡懷舊、和他的白髮具有同樣顏色和溫存的笑容。

他再度離我遠去。

在荒寂而寬廣的老邁平原中，他騎著馬，頭也不回地離去。而馬蹄在冰凍的大地上發出撲咚——撲咚——撲咚的聲響。

「我的皇上，」我呢喃著，「我的皇上……」

我聽到鑰匙在門鎖裡轉動的聲音。

「約瑟芬，」拿破崙高聲叫道，「妳讓我等了好久！」

我內心激動不已。但那不是她，而是我爸爸請來的女幫手。拿破崙用右手指著我。

「多虧了這位先生，我們才能找到這間我們夢寐以求的房子。來，我帶妳參觀一下。我們會一起在這間房子變老，而且永遠不會離開。約瑟芬？」

「是啊，拿破崙，」女士回答。

「我的鞋裡還有沙子呢。」

李歐納的來信

奶奶，

我寫信給妳是要告訴妳上週發生的一件大事；在讀之前妳先好好坐下，然後把毛線擱下一會兒。而儘管妳剛織好，還是抽掉十幾排毛線，因為我們還需要妳。我雖然向拿破崙發誓不告訴任何人，但我還是跟妳說，因為實際上拿破崙再也不完全是拿破崙了。他現在瘦骨如柴、滿是皺紋，看起來幾乎像是沒燙過的床單一樣；甚至連他漂亮的白髮，妳知道嗎，都掉了好幾大把。我們都可以看到他的頭頂了。有些時候，他似乎就像沒有活在這個世界上，他誰都不認得了。媽媽把這個稱作人生的威尼斯，因為在裡面，我們在時間之外漂流，而且迷失在其中一座很平靜而安適的大迷宮裡。在別的時候——但這種情況越來越少——他仍然像皇帝一般，完全和以前那樣發脾氣。情況就像是他絲毫沒有改變。他還是盡情地笑，他的笑是這麼強烈充斥在所有的走廊裡，於是前幾天，連警鈴都被觸動而響了起來；我覺得他的笑是最後才會消失的東西。

然後我完全明白為什麼他要離婚跟重新開始了。因為他想要一直當我們的皇上，不想讓妳知道他落到這個地步，而尤其更不想讓妳看到他住在這間大安養所——現在，他在裡面跟其他所有這些再也無法在正常生活中好好自理的人生活在一起。

妳很清楚看到我寫的，他接受了離開他從前一直和妳一起住的大房子。而他現在住的地方，空間就只夠放一台收音機讓他聽一千歐元競賽，還有洛基的照片，我們特別把照片就掛在他床對面的牆上。我有時候會覺得拿破崙唯一的家人就是他——洛基。看起來洛基似乎試著安撫他，對他說「來呀，來吧，不要怕，你將發現我們兩個在一起會很愉快」。除此之外這裡設備齊全，不過電視遙控器裡沒有電池，管他的，反正他也不看電視。他說那是老人的玩意兒。妳看，他還是繼續奮戰。

他們讓他住在三樓的一個房間，從那裡可以看到我的學校的操場。所以他可以看到我，我也可以看見他。每個禮拜，他都來我們班上兩次，坐在我旁邊。我很確定妳會很高興知道他真是個好學生，超專心的。他用一種妳認不出來的方式說話，他寫字顛三倒四而必須想半天和全部重組才能了解，而他常常就用眼神說話。

妳看，我們此關照。也許有一天，在一直不斷地彼此關照之下，我們兩個最後會一起逃走，甚至是最澈底的逃開，再也不回頭。我這麼說只是作夢，可是我很清楚他將自己獨自一個人離去。從前，我以為這不可能，但是現在我發現其實有可能。所以當他想再見到妳，就必須讓妳有萬全的準備，我們剩下的時間真的不多；他會很高興知道妳為他織了一件毛衣。他雖然沒有信給妳，但妳絕不要生氣，有一天我會告訴妳原因。

親親，

李歐納

24

過了幾個禮拜。

亞歷山大和我在下課時間觀察拿破崙的房間窗戶，等待他現身。他向我們打了個小手勢。他的臉變得很消瘦，猶如一面刀鋒，眼神則像殘燭的火光搖曳。他朝我們伸出一顆握緊的拳頭，我們也用同樣的手勢回應他。

我們欣賞著他。

他的笑容從猶如時間般透明的玻璃窗後面浮現。雖然他被關在室內，而且他的王國變得狹小，但他仍是和從前一樣的流氓樣，而且絲毫未減的反叛仍透過炯炯的目光流露出來。

「是啊，他在走廊舉行拳擊賽呢！還有保齡球賽！」

「噢！」

「他還帶領一群克羅黛特一直到凌晨兩點！而且……而且……」

「而且？」

「而且他最討厭的，就是所有監禁的地方！」

「我也是！」亞歷山大叫道。

「我也是！」我附和。

「噢，這太精彩了！拿去，拿一顆彈珠！拿呀！」

拿破崙鬧得如此天翻地覆，梳著黑髮髻的女主任於是和我爸媽會談。

「唱《亞歷山卓．亞歷山大》（Alexandrie Alexandra）還有《沒被愛的人》（Le Mal Aimé）一直唱到凌晨兩點，還跟著一群扭來扭去的克羅黛特，這已經是極限了。」

「我們事先跟您說過，」爸爸說。

「請等等，我還沒說完。他唱胃口很好的梭魚一直到我不曉得幾點，雖然這讓人受不了，不過就這個部分呢，還是在極限上，也還好。我並不反對一時興起。」

她稍微停了一會兒，交叉手指然後接著說：

「所有這一切都，嗯，在臨界點上。可是今天，他已經超過極限，我得喊停了。不行，就是不行！我很喜歡老人，可是啊……總還是得遵守某種規矩吧。總還是該照規定來吧。」

「確實，」爸爸說，「他不是很會守規矩。」

他跟不到十個傢伙爲伍，一起把救生員關在游泳池的更衣室。

「而且是在偷走他的游泳衣之後，」女主任特別點明。「我們得把他關在療養院。但是這還只是開頭、小菜而已。他們還偷走食堂裡的番茄，就爲了……您們知道是爲什麼？」

我們——爸爸、媽媽還有我——都搖頭表示不知道。

「爲了丟到每個禮拜三都來娛樂大家的可憐手風琴樂手身上。二十年來，大家都爲他演奏的優美音樂鼓掌，但唯獨您的父親突然出現，然後，啪，把番茄丟到手風琴樂手的鼻子裡……」

「的確，手風琴，」爸爸說，「這還是有點讓人神經緊張……」

「可是現在他們全都要聽流行音樂和雷鬼。就是讓人搖搖擺擺的東西！他們全都要求住雙人房，還要貼巴布・馬利的海報，而且還想呼大麻，不不不，令尊已經越界了。因爲就是他——他是始作俑者！大頭目！罪魁禍首！」

「皇帝，就這樣！」爸爸低聲說。

「就說是皇帝吧，而且他同伴就是這樣叫他的。或是在游泳池那幾天，他們還叫他上將！」

在火線上的拿破崙就這樣塡滿了他的紀念冊的最後幾頁。在還不到一個月的時期，他已經在寧靜的安養所掀起了一陣叛逆、喜悅而且生氣勃勃的風氣，那應該就是他遺留給大家的東西，而且在他離開這個世界許久之後都還遺留在我們的記憶中。

和女主任會面後的第二天，爸爸在她的施壓之下，覺得必須開導拿破崙。

「他在這間烏子淚下胎多枝序，」拿破崙單純脫口而出。「而我就是不吸翻枝序。」

「太多秩序？」爸爸上氣不接下氣。「那麼那個被你欺負的救生員呢，他也給你立下太多規矩了，是嗎？」

「我浪你們千松我，可不是維了在隨裡轉圈全。」

「首先呢，」爸爸驚呼，「我再說一遍，不要再說我們遺送你了；還有在水裡轉圈圈，這有益健康。他要你做運動是爲了你好。這個你懂嗎？爲了——你——好。」

拿破崙聳聳肩。

「別這央大火大叫，我可沒有兒龍。」

「我沒有大吼啊，我只是在解釋而已！」

「他穿著少少的豹凡悠泳褲，這讓我很翻。」

「豹紋游泳褲又怎麼樣呢？」

爺爺臉上突然閃現狡黠的笑容。他勾勾食指，示意要爸爸湊近他，接著朝他的耳窩說話。

爸爸聽了之後，顯然受到驚嚇而猛然往後退。

「你說什麼？他有個很小的……不可能吧，爸，你完全在胡扯。說眞的，我永遠都搞不懂你。」

「我曉得。我們彼此沖來都不了接對方。口是……」

「可是，呃，可是什麼？」爸爸問，一邊踮腳站著。

「可是也沒什麼啦。打開收音機吧，一千歐元競賽的節目時間到了。」

三個清脆的音符宣告了每天的休戰。叮——叮——叮。

在十五分鐘裡，一切都會恢復秩序。

奶奶的來信

我的乖孫子：

自從收到你上次那封信，我再也無法停止織毛線而如果我手起了水泡就算了，手裡有燈泡只對克羅克羅有危險[30]（不好意思這個笑話很蠢，是我短路了），如果可能的話我會用我的腳打毛線，在白天，在夜晚，在上午，還有傍晚，我一心都只想到一件事，就是有一天拿破崙希望我陪在他身旁然後我就可以把粗毛線衣給他，至少他會很暖和，在人生的威尼斯潮濕得很。

如果他沒跟我打招呼就離開你跟他說沒關係，還有我這輩子每一分鐘都思念著他而即使他離開人間這也不會變，他走後的每一分鐘我都會想念他，還有我唯一覺得遺憾的是無法回去那個沙灘，我甚至記不起來當年我們到底幾歲，我當然可以推算可是這讓我很害怕。我不停地看這張地圖來確定這片沙灘真的存在過，我不知道為什麼，他跟我兩個人還能回去那裡的時候卻沒有再去，真傻，就是該在還做得到的時候去做，這是唯一應該好好記住的事，其他的一切你可以通通丟到垃圾桶了。

你曉得嗎，關於重新開始這件事，我從來不認為這是因為我不好，這出現在對死亡感到不安的人身上，拿破崙他唯一會怕的就是死亡，我在晚上入睡之前，有時會覺得我原本也許應該緊跟在他身邊而且永遠不要離開家，可是我也覺得我的離開就像是送他一個禮物，讓我在眼裡和心中都保有他想留下的美好形象，這是為什麼我還是接受離婚，都是為了讓拿破崙保有他自己，你還不完全了解但人實在很複雜。

講到複雜，順便說一下，你知道嗎艾德華已經找到很高檔的生活女幫手，她對亞洲瞭如指掌，而艾德華幾乎再也沒有跟我聯繫，前幾天晚上他打給我說他這禮拜無法跟我見面因為他們在下一場碁一直不分勝負，看來他的助手在這方面很在行，他們還重新看了兩遍《七武士》，這樣加起來總共有十四個武士，幾乎是個聚落了，我真不知道他們怎麼受得了，這個可憐的女助手似乎經歷了很曲折的職業生涯，他們兩個相處愉快而他言下之意似乎是有意收養她，他在電話裡告訴我：「想像一下，我在這把年紀竟然要當爸爸了！」當我跟艾德華說我又重新開始打毛線，欸他用很溫和的口氣跟我說我再也不必趕了因為他要跟女幫手一塊兒去日本，他那個我忘了叫什麼

30 法文的 ampoule 兼具「水泡」和「燈泡」之意。

的女兒在那邊，他們要一起坐渡輪旅遊還要看能劇的巡迴表演，後來我們在電話上沉默了很久，他覺得坐立不安，我則沒有勇氣跟他說明我很趕但完全不是為了他，他還用很感動而溫柔的聲調補充說他差點就跟我犯下年少輕狂的錯，我幾乎要哭了，但我再也不知道是為什麼而哭。

我只是回了一句：每個人有自己的幸福[31]！

寫信就像織毛衣我一直停不下來可是我得重新回去打毛線了。

緊緊擁抱你

25

每週之中的兩天，在我們學校早上的下課時間之後，都會進行一項例行的活動。拿破崙和他成功號召到這最後一場征戰的兩、三個伙伴都到我的班級來上課。他們全都戴著小學生的小筆記本，上面寫著他們的名字。亞歷山大和我排隊向他們敬禮，這引發其同學的譏笑，但是我們不覺得受到影響。沒有人能偷走我們的夢想。

有一天，拿破崙停在亞歷山大面前，目光從他那頂奇特的帽子往下看到那雙破舊不堪的運動鞋，端詳了許久。

「這是士兵羅柯吉克，」我低聲說。

「士兵羅，嗯……羅什麼的……您打了漂亮的一仗。我認命您擔任副司令。未來，當皇帝不在的時候，我的可可會需要幫忙。」

31　法文爲 Chacun son Bonheur，在本書的情境中也可以說成「每個人有他／她的波納爾」。

如果拿破崙沒有開惡意的玩笑、把東西攤開在整個桌面上，桌子原本夠我們兩個人用。他的手肘不時撞到我的手臂，害我寫字時劃出一條條橫槓，可是我心甘情願地原諒他。他終究還是忠於自我，繼續我行我素地占據很大的位子。

拿破崙的同伴們和他一樣，都要針對自己人生中的一部分、從前覺得缺乏的某個東西扳回一城。他們全都要和自己的戴揚達克太太算帳。其中一個同伴從來都不會算除法，另一個從來都不會辨認菱形，還有一個則對動詞變化一竅不通。他們全都不懂這個世界爲什麼這麼顚三倒四，而針對這個疑問，他們本身、我們的校長，甚至連玻璃畫框裡的畫像上的雨果都從來沒有找到答案。

在最後這幾個星期裡，敵人有時似乎撤退了，彷彿不敢跨越學校的門。

「他今天精神眞好！」亞歷山大說。

我假裝相信。有時候，忘掉現實眞是一大樂事！拿破崙聚精會神地看著課本聽課，手指沿著課本上的字句移動。我們遊走在文字之間，就像在同一道溜滑梯上，而如果有一天我們變成同年齡的人，我們一定會一起從這個溜滑梯上滑下來。

這一天傍晚，就在放學之後，我就像亞歷山大有時那樣沒有直接回家，而到拿破崙的小房間去探視他。爺爺這一天格外沉默寡言，在修他的指甲（這是他保留的拳擊手習慣）。

玻璃相框裡的洛基正對著我們。

「爺爺，你看那邊的洛基。」

他抬起眼神，望著相框，燦然而笑。

「他呀，他一直都在，」我繼續說，「你將他保留在記憶裡，我們天天都想起他。他現在仍然佔有神聖的地位！只要人們還記得你，你就沒有眞的消失。當再也沒有人想起你，唔，那你就是眞的離開了，不然的話，就不是眞正的結束。唯一的敵人就是遺忘，你不認爲嗎？」

「啊，洛基呀，可以說他讓人印象深刻，不可能忘記他。他有抓到訣竅。這傢伙可眞聰明！他的力氣勝過我們全部合在一起的力量。」

他的目光持續盯著那幅肖像，同時用軍人的方式向洛基打招呼：

「嗨，藝術家。脫帽敬禮！你知道嗎，可可？」

「不知道，告訴我。」

「人生的根本一點都不複雜，就是要好好跟你喜歡的人開懷作樂。其他的一切都可以不管，一點都不重要。你還記得我們之前一起做了多麼好玩的事嗎？還有我們感情有多好？對吧，我們有好好開懷作樂？跟我說我們有開懷作樂，我會很高興的。」

「對，我的皇上，我們有好好開懷作樂。從來都沒有人像我們這樣開懷作樂。」

「之後，對你身邊的人說這句很簡單的話：『從前我有個爺爺，而且我跟他開懷作樂。』大家就會了解。」

「好，我會這樣說，我永遠不會忘記。從前我有個爺爺，而且我跟他好好開懷作樂。我會努力記著的。」

「要我幫你寫下來嗎？」

他露出了像整個臉那麼大的笑容。

「你是說你會寫？」我問。

「幾乎會。我從前很努力學寫字都不成，可是不曉得爲什麼，我在你身邊自然就會寫了。我一定曾經會寫字，可是後來忘記寫了。」

我把我的上課筆記本拿給他。他用舌頭把筆尖沾濕，然後開始寫字，而且小心翼翼地不超出格線。

「看哪。這樣一來，你就永遠不會忘記了。」

從全我有個爺也，而且我更他好好該壞做了

我們沉默了幾秒。我如梗在咽，然後奮力吐出一句：

「而且我們還會好好開懷作樂，對吧？」

「那當然囉，而且不久之後你就會看到好笑的了。」

他是指什麼呢？他說的好笑的事是什麼？我渾身顫抖起來。

他突然顯得侷促不安。

「我想請你幫我一個忙，」他咕噥。

他把手伸到枕頭底下，然後拿出一張對折兩次的筆記紙。他把紙拿給我，但就在我要拿的時候，他又把手伸回去，並用懷疑的語氣說：

「你不會嘲笑皇上吧？」

「不會啦。」

「發誓。」

「我發誓。」

「好吧，拿去。這是我親手寫的。文字總算還是滿有用的嘛。可能有些小錯，不過不嚴重，你再修改一下。幫我加上逗點和句號，我把它們寫在另外一個地方。動作要快，這滿趕的。用限時專送寄出去，而且切記，這不是……」

「……投降……而只是聲東擊西。」

「就是這樣。全世界將只有你了解我。」

「我和洛基。」

「你跟洛基。」

❖

我一心完全只想著我必須完成的任務，於是用跑的回到家，一路上穿越了空蕩蕩的街道，街上陽光普照，把現實世界切割成生硬的線條。時間緊迫，而世界不過是一個沙漏，時間透過它而流逝。我覺得如果運氣不錯的話，這封信當天傍晚就會寄出，每一秒都變的珍貴無比。

我家的大門微微開著。我用力把門推開，很確定必然會在門後面發現不幸的事。在人生中，有很多不幸等著我們。我的腳步聲在空蕩蕩的走道裡迴響。媽媽的包包被丟在桌上，家門的鑰匙在拚木地板上閃閃發亮。我的心用力地砰砰跳。從客廳傳來一陣呻吟，使我愣住了。

亞歷山大站在我媽媽面前，媽媽坐在椅子上，用一個被紅藥水浸濕的棉花球輕輕地擦他的臉。

「我看起來一定很像小丑，對吧？」亞歷山大說。

他痛苦的面容笑顏逐開。他的鼻子還流著一點血。

「他們看到我獨自一個人，於是就跟蹤我。」

他說到一半，笑了出來。

「不過我揍了他們；我拯救了拿破崙的彈珠和我的帽子。」

他拿起帽子，做出像是從前的人打招呼的樣子。

「不要動，」媽媽輕聲地說，「不然我永遠做不好。」

亞歷山大於是瞬間靜止不動。他把兩隻腳緊緊地靠攏，穩穩地立正，喘息地說：

「我再也不動了，我保證。」

我幾乎不敢呼吸，怕會弄破這個小小的自信氣泡。

一長串的問題湧入我的腦海。

亞歷山大被攻擊的時候，媽媽怎麼會在場？是她使其他男生逃開的嗎？或者他是因爲不知道能去哪兒，而自己來這裡求助？

她把繃帶和敷料整理好，把小酒精瓶蓋起來。她接著捧著亞歷山大的手，先後看看兩個手掌，上面摻雜了綠色、藍色和黃色，像是迷你調色盤。她發出銀鈴般的笑聲，而亞歷山大自己也噗嗤地笑了出來。

「你全都用完了?」媽媽問。

「是啊,」亞歷山大回答。

「我也是,我在你這個年紀的時候,手指上總是沾滿各種顏色;我下次再給你別的顏料。」

「妳有很多顏料?」

「我有一大堆呢。」

隨著看到他們在一起的樣子的隱約幸福感湧上心頭,我的好奇心逐漸消褪。

我寧願保持沉默,因爲在他們身上,我喜歡的正是那些他們心照不宣的東西。

拿破崙的來信

修改前

我的約色分關於ㄔㄨㄥˊ心ㄓㄢˇ開人生我全都高咱了原良我當出要泥ㄌㄧˊㄏㄨㄣ並且ㄌㄧˊ開加里這一切都是因位我兑ㄗㄨㄟˋ后一昌竟ㄙㄞˋ干到很不安我一直已唯兑於ㄅㄧㄢˋ老這件事止要泥不ㄩㄢˋ亦馬一生它嗎的就行 了但市這完全都形不ㄊㄨㄥ我面兑一個ㄑㄧㄤˊ竟的兑手，它太

ㄑㄧㄤˊ了而且才　半被收ㄇㄞˇ了泥不會相信我要說的但是我的全投已經完全沒力了我手必在也ㄨˊ法身直兩ㄊㄧㄠˊ ㄊㄨㄟˇ也ㄖㄨㄢˇ八八的，不過白向粉ㄆㄨ一 ㄧㄤˋ我已ㄐㄧㄥ用近全　立地亢但現再我丸全放企了我活ㄓㄜ·地日子不多了由其現在在也不能占直而且也說不了太ㄉㄨㄛ 化連我好看的ㄈㄚˇ都差不ㄉㄨㄛ掉光只ㄕㄥˋ一科牙ㄔˇ但我可不任　為牙先ㄏㄞˊ會來真好肖但也沒差因位我仍ㄖㄢˊ能ㄍㄢˇㄐㄩㄝˊ到妳的手ㄈㄨˇ莫我的投ㄈㄚˇ我

現在唯一的ㄩㄢˋ旺白市看　到泥並和泥一ㄑ一ˇ杜過ㄩˊ生如果泥來了很可能會ㄐㄩㄝˊ的我
看ㄑ一ˇ來根ㄍㄞˋㄓㄜ・我的貝丹合在一ㄑ一ˇ示著不要太ㄐ一ㄥ一ㄚˋㄖㄢˊ后ㄏㄞˊ又那
間之右尼之到的ㄕ尼亨ㄑ一ㄥ出它沖ㄌ都不么出來在把一切說青ㄔㄨˇㄐ一ㄤˇ名白之前
我ㄏㄞˊ

　　不ㄒ一ㄤˇ去找ㄌㄨㄛˋㄐ一。

拿破崙

。。。。。。。。。。。。，，，，，，
，，，　；；；；；；；
！！！！！！！

我把ㄅ點符號加在ㄓ裡，我的柯柯

修改後

我的約瑟芬，關於重新展開人生，我全都搞砸了。原諒我當初要妳離婚並且離開家裡。這一切都是因為我對最後一場競賽感到很不安；我一直以為對於變老這件事，只要你不願意、罵一聲他媽的就行了，但是這完全都行不通。我面對一個強勁的對手，他太強了，而且裁判被收買了。妳不會相信我要說的，但是我的拳頭已經完全沒力了，我手臂再也無法伸直，兩條腿也軟趴趴的，不過就像粉撲一樣。我已經用盡全力抵抗，但現在我完全放棄了。我活著的日子不多了。尤其我現在都只能平躺著，而且也說不了太多話；連我好看的頭髮都差不多掉光了；但這沒有關係，因為我仍然能感覺到妳的手撫摸我的頭髮。此外我還有一顆牙，但我可不認為牙仙還會來找我；我現在唯一的願望就是看到妳，並和妳一起渡過餘生。如果妳來了，很可能會覺得我看起來跟蓋著我的被單合在一起。試著不要太驚訝。

然後還有那件只有妳知道的事，妳很清楚的，它從來都不要出來。在把一切說清楚講明白之前，我還不想去找洛基。

拿破崙

我在天亮時寄信。
然後等待。

26

把信寄出去的那天夜裡，我莫名其妙發了高燒，躺在床上，一動也不動。我把這當成上天的祝福而接受了。我在床上躺了幾個小時，腦袋昏昏沉沉，雙手在後腦勺交叉。我納悶著拿破崙在信中提到的令他難以釋懷的事到底是什麼。如果我發現他其實從來都沒有打過拳擊，而且向來都對我說謊的話，我會有什麼反應呢？我瞬間失去理智，最終期望他離開我們的時候，仍保守著那個祕密。就像這些裝滿金銀財寶的西班牙珍寶船隊[32]，人們投入其中的精力全都付諸流水，它們幾世紀以來令人魂縈夢牽。

有時候我睡著了，而在睡夢中，樹木又開始接二連三地倒下，就像順服的士兵，而當我醒來的時候，床單和被單都被我的汗浸濕了。雨在屋頂上滴答作響。時間緩緩流逝。它黏答答的，毫無希望。

32 西班牙自十六世紀起，從海外殖民地將珍寶和特產運到本國的船隊，其中一部分沉船在當代被打撈，所裝載的寶藏價值連城。二〇一五年，於哥倫比亞發現一七〇八年被英國海軍擊潰的聖荷西號，即為一例。

媽媽在頂樓不停地畫畫。她有時會打開我的房門；我們四目相接。

「你還好嗎？」她問我。

「等等就會好起來了，」我回答。「妳在做什麼呀？」

她讓我看她沾滿顏色的雙手。

「我得快點畫，」她輕聲地說。

接近傍晚時分，亞歷山大按了我家的門鈴。我才想起我們有約。

「今天輪到你跟我說故事，」我對他說。

「他今天沒來。」

「整天都沒有出現嗎？」

「整天都沒來。而且他房間的窗戶空空的。你本來就知道了？」

我點頭回應。他笑了，然後說：

「他再也沒出現在窗戶旁邊，但是他將會一直看著我們。」

他往下望，然後把掛在腰帶的小袋子取下來。

「拿去吧，」他說，「拿吧。裡面只剩下兩顆了。全都拿去。」

我於是一把抓走彈珠，然後在眼前把手張開。那兩顆彈珠擱在我的手掌心裡。

「一人一顆，」我說。

「這是拿破崙留給我們的遺產，」亞歷山大低聲說。「只有兄弟才能分遺產。」

我用拇指和食指夾著亞歷山大留給我的那顆彈珠，它在我手上閃閃發亮。

「眞美，嗯！」他說。

「是啊，」我喃喃地說，「它閃閃發光，讓人覺得裡面彷彿含藏了許多東西。」

「祕密的東西。」

「我以後看它的時候，都會想起你，」我說。

「當我們再見面的時候，這就是我們的信物。即使那是很久以後，但我們都還是會認出對方。而且它們將一直這麼閃閃發亮。」

他把鴨舌帽拿在手裡，我不禁目不轉睛地注視它。我們四目相接。他的目光炯炯有神。他悄悄對我說：

「我終於可以把帽子還給我爸爸了。因爲他今天要出獄，我們終於要團圓了。我想讓你看看他的樣子。」

「你有他的照片嗎？」

「我有比照片更棒的東西。你看。」

他爸爸的畫像簡潔優美，令人目眩神迷。我看出那是用我媽媽慣用的顏色，畫在她常用的那種厚圖畫紙上。

「即使我們跟所愛的人分開，」他說。「但我們其實一直都沒有遠離他們。」

他小心翼翼地把畫收進書包之際，我小聲地說：

「她眞的有教你畫畫。」

「她眞正讓我學到的，是抱持希望。精神振作而且心情愉悅。你幫我告訴她，嗯？」

我點頭表示同意，並且最後一次用雙手拿著這頂獨特的鴨舌帽。

「咦，那這頂帽子是你爸爸的囉？」我問。

「是啊，R是Raphael（拉斐爾）的R。可是這頂帽子不只屬於他。它還屬於我們整個家族。它原本屬於我的曾祖父……後來屬於我爺爺，爺爺後來再傳給我爸爸。」

「而它之後將會屬於你。」

他點點頭。

「那它旅行到很多地方了耶！它留在人們的記憶中。也因爲這樣，應該好好保存，不要遺失了。」

「記些什麼呢？」

「記下我們再也不會重來的那些旅程。」

他接著飛奔離開，甚至沒留意關上背後的門。

❖

另一天晚上，我再度夢見坍塌的樹木。如今我孤零零一個人走在樹林裡，沒有亞歷山大，甚至也沒有句點的陪伴。一大早，爸爸的車子引擎聲吵醒了我。我的神智恢復清醒，燒也退了。爸爸怎麼會在這個時候回來呢？我聽見媽媽倉促下樓的腳步聲。大門被關上了，而車子立即開遠，地面的砂礫嘎吱作響。接著盡是一片寂靜。

我的腦海裡都是亞歷山大剛才來訪的畫面。我覺得很孤單。

我接著發覺媽媽離開之前，從我的房門底下塞進了幾幅剛畫好的圖畫。

它們是拿破崙紀念冊的結尾。這是他在教室裡面，坐在我旁邊。他透過窗戶露出來的臉。沒有他的臉的窗戶。我幾乎認不出這些畫面中的自己。我覺得自己似乎顯得比我的眞實年齡大的多。隨著愈接近畫冊的最後一頁，畫中的顏色也漸趨黯淡。

而最後一頁仍然是空的。一片空白。

我閉上眼睛。

我不假思索地起床。外面依舊下著雨。雨勢很大，連馬路上都積了很大很深的水窪。汽車駛過水窪的時候，必須放慢速度。樹木在空中盤根錯節，籠罩著我。我開始瘋狂奔馳，但是卻覺得自己像是做噩夢一般，只是在原地踏步。我絕望地跑，腦袋搖晃著，耳裡嗡嗡作響，彷彿這場奔跑能夠扭轉局勢。絲毫沒有人能阻止這番奔馳。雨水順著我的臉流下來。我把鑰匙插進鎖孔裡。

拿破崙的屋子一片冷清。空蕩蕩、冷冰冰的。大部分的家具都不見了。難道我爸媽把家具賣掉了嗎？它們被擺到哪裡去了？花園看起來像一座小叢林。我很想穿梭並迷失在其中。然後是那頭母羚羊！她突然出現了！就在那兒，佇立在落地窗的另一邊，距離我只有幾公尺。花園裡蓊鬱的植物猶如珠寶盒，包藏著牠閃亮的雪白。她在原地靜止不動，將優美的面容朝向我。我迷失在她溫柔而沉鬱的眼眸之中。幾秒之後，她消失無蹤，速度之快使我不禁思索自己剛才是不是在作夢。

在收藏室的牆上，原本掛著洛基肖像的地方，如今在壁紙上留下淺色的長方形區塊。

我呼喚著：

「拿破崙……我的皇上啊……」

牆壁吸掉我的聲音。我未來必須面對的就是這番寂靜，而且必須習慣這股空虛。

但是亞歷山大說的話——「即使我們跟所愛的人分開，但我們其實一直都沒有遠離他們」驅散了我內心的沮喪。

車庫裡很整齊，不再像從前那樣亂七八糟。裡面只剩下拿破崙的舊拳擊手套，用細繩子綁在一起。皮革的氣味依舊，手套內部還散發著打贏時的汗臭。我把手套圍在我的頸子周圍。

雨依舊下個不停。灰撲撲的天空低垂，就像一個蓋子。我走上一條泥地小徑，沿著它可以通到市區的主要街道。

小路旁有一棵粗短的樹，這棵看起來無堅不摧的橡樹橫跨在路中央。它的樹根從被浸濕的沙地連根拔起。數不清的昆蟲聚集在一起，排成整齊的隊伍，趨向這個新的棲息地。我小心翼翼後退了幾步。我特別留心不要摧毀任何生命。我再往前走幾步，用手撫摸樹皮，躺在樹幹上，望向天際。天空透出均勻的灰色，毫無動靜。它就像我們的生命一樣充滿奧祕。

幾分鐘，或是好幾個小時過去了。

我朝爺爺奔去，而在不停灑落的雨滴籠罩下，我已經無法分辨自己是在笑還是在哭。

27

約瑟芬就在那兒，在拿破崙的床前。她一言不發，以微笑迎接我。她走進浴室裡，然後立刻拿出白毛巾來擦乾我的頭髮。

拿破崙看起來氣定神閒。他幾乎變年輕了。約瑟芬織的粗毛線衣罩著他細瘦的身軀，他的手臂沿著身體兩側平伸，手依然緊緊握拳。

「如果你是來跟我比腕力的話，那你會很失望，」他一邊看著我，一邊氣若游絲地說。

我發現有一台機器連到他身上，上面的螢幕不停地顯示數字。

「看哪，我的可可，」他嘆息著說，「計時器——怎麼樣都躲不過它！它總算要贏了。試著永遠別讓計時器把你騙得團團轉！還有方頭皮鞋！」

他接著向我爸爸露出極爲溫柔的笑容，並對他說：

「來吧，別哭，我的老弟！」

「我想哭就哭！」爸爸回應。

拿破崙把頭轉向我。

「時間到了嗎？」

我點頭回應，然後打開小收音機。那個叫什麼的發出令人安定的聲音，傳遍了整個房間。這次的參賽者是一位剛退休的法官，而那個叫什麼的一如往常地在接見職業有點特別的參賽者時，詢問對方印象最深刻的回憶是什麼。

「請相信我，在我當法官的生涯中見識的可多了，不過我最美好的回憶呢，是關於一個退休的拳擊手。這個快要八十六歲、很狂熱的老先生，竟然爲了重新展開人生而離婚。噯，相信我啊，我見到他的那天，我覺得站在我面前的似乎是個長生不老的人！」

爭奪頭獎才進行到一半，拿破崙就睡著了。節目還沒結束，我就關掉了收音機。這陣安靜令人難以承受，只被機器每分鐘傳出的電子聲響打斷。

「你該離開房間了，」爸爸開口說，「這不是……」

「別走。」

是拿破崙在說話。他的聲音如此微弱，幾乎讓人聽不見。他繼續說：

「我有關於統治王國的指示要交代他。」

我湊近他，並靠近到他的嘴邊。

「首先，可可，幫我拔掉這該死的計算機……已經沒什麼好量的了……」

機器突然自動關掉了。

「這可不是軟弱的時候，可可。我們來做最要緊的事。首先，從今天起，你再也不是我的司令……我把王國的最高指揮權移交給你。照你的意思去做吧……」

「我會好好治理的，你大可以安心離開。」

「然後，我要你明白我有抵抗到底……可是儘管如此，也沒有用。敵人在比賽的每個部分都勝過我……」

手套。他的拳頭順暢地穿進其中。我綁上手套的繫帶。

「打拳，在天上。卯盡全力地打。從開始，到中間還有……」

「……直到最後。」

他笑了，接著轉頭面向約瑟芬。他們深情的目光令人動容。約瑟芬低頭望著他。

「可可，」他說，「你必須自己搞清楚，因爲我不曉得是不是還能親口告訴你。」

他伸出一個拳頭，然後望著對面的牆壁。牆上掛著洛基的肖像。也靠在牆上的爸爸顧著克制不哭，他距離那幅肖像不到一公尺。我再度看著約瑟芬和拿破崙的眼睛。難道……不，我一定搞錯了。或者我其實一直沒有清醒。還是我又開始發燒了……但是我回想起拿破崙生日那天，在廚房裡發生的事。我還特別想到媽媽爲那件事畫的圖。這雙手套，這雙舊手套……洛基的手套……還有我爸爸……

我的心跳停止。我無法嚥下口水。我用手摀著嘴巴，以免叫出聲來。我更靠近拿破崙的身邊。

「明白了嗎？」他如此輕聲細語，我幾乎聽不到他說的話。

「應該是吧……」

「很高明的作弊，嗯？」

「但實在也太……」

「我懂，曠世傑作……」

「那場比賽不是作弊的，對嗎……」

「是作弊沒錯。但是作弊的是我。我並沒有說謊。」

「他說什麼？」爸爸問。

「噢沒什麼，爸，就只是……他很愛你。大致的意思就是這樣。他還說了一些事，但不重要。」

「Trafe，Bubo（裝得好，可可）。過來這邊，再聽我說一下。比賽中場休息的時候，洛基告訴我他生病了。他已經病到只能再活幾個禮拜。一種細菌侵害了他的身體。拳擊手是不會說謊的。尤其是洛基更不可能說謊。我很了解他，而我從他的眼睛看出他說的是實話。他的內在閃現就要退出拳擊界的人的那種哀傷。就在那個時候，他問我能不能……」

「……讓他打贏。他請你讓他光榮退場。」

「不是……這個啊，這是我的點子。因爲我天生慷慨。當時他身邊帶著一個小男孩。一個小不點的男孩。像蝦米一樣。我也不曉得爲什麼他的媽媽不在身邊。你知道的，我們當拳擊手的人的人生很難預料……他把小孩託付給我。他請我把他扶養長大，把拳擊手套傳給他，然後把他培養成一個眞正的、了不起的拳擊手。把他訓練成優秀的拳擊手來紀念洛基本身；一個冠軍拳擊手，將達成洛基自己沒時間完成的成就。他當時很肯定這個孩子像他。可是，唉，他搞錯了。而且他尤其請我永遠都不要跟小孩透露他爸爸是誰。可是你看，我只做到了對他承諾的一部分。其餘的我都沒做到。幾小時之後，洛基就要大罵我一頓啦。」

「才沒有呢，你沒有完全失信。你是皇帝，你的王國會永遠存在。」

「Eble vi rajtas. Eble mia malsukcesado estis precipe koni lin ververe. Mi tro stultis!（也許你是對的。或許我沒做到的，主要就是沒有眞正了解他。我眞笨！）」

「他在說什麼啊？」爸爸輕聲問道。

「噢沒有啦……爸，他說你是世界上最好的兒子。還有……」

我用被淚水浸濕的眼睛環顧周遭洗耳恭聽的人。

「還有他很想要……」

我說不出口。約瑟芬閉上眼睛。我做不到。媽媽突然揮灑出一幅圖畫。那片海灘。那就是最後一頁。

❖

在走廊上，女主任在我們後面追趕，我們經過其他住民面前，他們都跑出來對幾個星期以來使他們再度朝氣蓬勃的這個人歡呼。我們攙扶著拿破崙，幾十個人奮力用雙手觸碰他，就像從前他從拳擊擂台上下來的時候一樣。

「停下來！」女主任高聲喊道，「停，這是極限，還有文件得簽名、有費用要結清，還有同意書要塡。你們這樣完全沒有照規定來。」

就在此刻，我爸爸落下了這句經典的話：

「您知道可以把您的規定擺到哪裡去嗎？」

我認爲往後至少將有兩個人一起護衛王國。昏睡的拿破崙醒了過來，充滿崇拜之情地看了爸爸一眼。爸爸一陣激動，整個人活跳跳的，接著在走廊上轉身，面向所有的住民，然後吸滿了氣高喊：

「他是我爸爸！」

女主任在玻璃窗後面的辦公室打電話。

❖

爸爸衝勁十足地開車。他激動地設定GPS。螢幕上顯現出路徑。他以抖擻的嗓音宣告：

「衝啊！」

而我很確定，爸爸的這個聲音就是洛基的聲音。

引擎呼呼作響。媽媽坐在前座。拿破崙坐在約瑟芬和我中間。句點待在我們腳邊。我們深陷在皮革座椅裡。

「爸，」我爸爸高聲喊道，「我們還有多少時間？」

他用異於往常的方式嚷嚷。拿破崙游移在清醒和神智不清之間。他口齒不清地說：

「不曉得，我的老弟。不久了。如果你想被吊銷執照，就是今天了。」

距離目的地還有至少兩百公里的路程。公路上連續地喀擦、喀擦、喀擦。十二個點數就這樣飛了[33]。

我在拿破崙耳邊輕聲說：

「看看你多出名，大家都非要幫你拍照不可。」

我不確定他有沒有聽見。約瑟芬沉默不語，只是用手緊緊拿著拿破崙的手套，一邊望著車窗外經過的景色。她的呼吸在車窗上形成圓形的蒸氣。拿破崙的頭輕輕搖晃，然後靠在約瑟芬的肩頸上。他看來就像個孩子。

爸爸突然轉向，開往一個加油站。加油。他翻遍了所有的口袋找錢包，最後只好承認：

「幹。我忘了帶錢包。」

他思索了幾秒，接著說：

「真糟糕，可惡，不管了，我還是把油加滿吧。」

我陪他一起走進加油站。他向裡面的人解釋。他誇張地比手劃腳，皺緊下巴、凸出眼珠，看起來像個瘋子。必須請站長出面。還得再等一等。太久了。他的聲調變得高昂。他從口袋深處挖出僅有的一點零錢，把零錢塞進咖啡機，結果流出了奇怪的液體。他用腳踹了機器兩下，

33 此處的閃光來自公路上的測速照相機，「點數」則是指法國駕照的點數，駕駛人若不遵守交通規則，就會被扣點數。

結果我們中了頭獎：來了兩個保全人員。

「喲，想惹事啊？喂，我認得您嘛，我們之前見過……」

「軟罣丸，想起來了嗎？您這裡的咖啡機可真詭異！」

啪、啪，爸爸就這麼大打出拳。他從彷彿來自哈德遜河岸邊的遠方深處打出右直拳，就這樣擺平了其中一個保全。一個軟罣丸倒在地上。爸爸盯著自己的拳頭，彷彿初次看見它似的，就在此時，另一個保全人員正往後退。爸爸牽著我的手，我們一起後退。還站著的保全透過對講機傳了一個訊息。我們最好別在這一帶逗留。

我們繼續上路。從此以後，我們成了法外之徒。這輛車再也不只是聽不見的吶喊。猶如影子的拿破崙用僅有的力氣含糊地說：

「你剛剛在加油站打的直拳，第一名！」

「謝謝，爸！」爸爸高聲叫道。「謝謝，爸！」

「只要多練習把腳步站穩。」

拿破崙轉向我。他異常地使勁，嘴巴開開合合了好幾次，最後吐出氣若游絲般的聲音說：

「可可，我們保持聯絡。」

我覺得這很可能是他對我說的遺言。我回答：

「我們保持聯絡。」

爸爸一言不發。時間繼續流逝，而我們五個人精神恍惚，等著接受在收費站的大盤查。結果，三輛警車擋住我們的去路。爸爸放慢車速。

「完了，」他說。

拿破崙將在兩個警察之間的收費站橫欄前面過世。而且或許就在我們上路的時候，獨自一個人離去。爸爸咕噥說：

「爸，真抱歉……我原本很想再讓你開心一下，就這麼最後一次。」

他下了車，試著跟警員解釋，但是兩個警察立刻把他壓到車子的引擎蓋上，還把他的手臂壓在背後交叉。另一個像是他們長官的警員走近車子，在車子外面繞了一圈。媽媽搖下車窗。

「我們要去海邊，」她單純地說。

「去海邊？想唬我啊？」

「您會看到，那是一片綠葉成蔭的海灘；那裡沒有人會打擾你。而且不必擦防曬乳。」

警察的目光掃視著車裡的座位，最後定睛注視套在拿破崙身上毛線衣。他的表情突然僵住了，接著皺起眉頭。女主任必定是向他通報有這個人逃跑了。警察仍然為那雙拳擊手套而出神。

「天生贏家，」他喃喃自語……

我們幾個人彼此對望。

「一九五一年跟洛基打的總決賽？」他問。

我笑著回答：

「是一九五二年。作弊的比賽。」

他接著轉向一直被壓在引擎蓋上的爸爸，然後直截了當地問：

「現在是比賽的中場休息，」爸爸回答。

「還剩多少時間？」

三分鐘後，警車鈴聲大作。我們尾隨在兩台摩托車後面，它們在我們前面飛快奔馳，替我們開路。在我們路經的地方，周圍的車流都停了下來，車輛都停到路肩上，紅燈都變成綠燈，而且一路上的弧形路燈都畢恭畢敬地向我們鞠躬致敬。

拿破崙張開眼睛。他喃喃地說：

「雨果還差得遠呢，嗯？」

GPS 突然再度傳出洛基的聲音：

「已經抵達目的地。旅程結束。」

安靜了十秒之後，他補了一句：

「祝福你。」

❖

沙灘。太陽落入大海。我們將拿破崙撐在肩上，朝著海水走去。他的腳在沙上拖曳。他面露笑容。唯有透過這個笑容，我們才明白他仍然與我們同在。我並不想哭。約瑟芬用手拎著他的鞋子。

我們讓他躺在沙灘上，他的頭靠著約瑟芬的膝蓋。句點側著身體倒下。現在唯一要做的只有等待。只是聆聽浪潮聲。細柔的泡沫在沙上濺開。在距離我們幾公尺的地方，孩童堆起的沙堡在幾秒之間被漲潮沖垮。就在彼處，一對情侶牽著手漫步，並在沙灘上留下足印。拿破崙以僅有的力氣低聲說：

「Estas bela loko por morti.」

他的話語融合在浪潮聲中。

爸爸猶豫地問：

「他說什麼呀？」

我笑著回答：

「他說在這樣的地方死去眞美。」

後記

幾個月後，這個學年結束了，我再也不是小學生了。

後來，假期結束，初中開學了。我的另一段人生就這樣展開了。

初中裡的一位生活輔導員帶各式各樣的社團，而在某幾個禮拜中，我們幾乎天天都看到他出現。他最後開始關注我們在校外的消遣活動，後來，有一天，我對他透露我幾個月前開始練拳擊。

「可是比起我爺爺，我投入的程度還差的遠，」我明確地說。

說出這句話之際，我發覺我不太確定自己是指拿破崙、洛基，還是同時指他們兩個人。

督學讓我看他的眉宇，上面被一道小傷疤劃過。

「看到了嗎？」

「嗯。」

「嘜，你猜怎麼了？我認識一個拳擊手。就一個，但這就夠受啦！那是去年，他媽的，我現在都還渾身發抖呢。我們幾個伙伴平常都會到保齡球館鬧事。有一天，我們有點醉了，我們嘲笑了一個老傢伙，他連連打出全倒，超強的。可是你看，我們也沒幹嘛，只不過像搔搔癢那樣逗逗他而已……」

「後來呢？」我問。

「後來啊，他剛好就是不怎麼喜歡搔癢。我們一共有十個人，他把我們一個個都擺平了。」

「是嗎？」

「是啊，我保證。等等，他至少有八十幾了吧，而且身材就像可麗餅那麼扁。我跟你講，他就這樣啪、啪、啪，一個接著一個的打！我們就像被步槍射中的煙斗一樣倒下來[34]。有聽我說嗎？喂！欸！你還在聽嗎？」

我聽到保齡球瓶倒下的聲音，還有周圍響起的掌聲。拿破崙像個大藝術家，自豪地向大家致意。

而在我的指間，亞歷山大留下的那顆彈珠承諾著我們共享的永恆。

34 法國園遊會的射擊遊戲攤位上，煙斗爲射擊目標。

致謝

我向 Karine Hocine 與 Jean-Claude Lattès 出版社編輯群致以最熱誠的謝意，感謝他們對這本小說的熱忱和率眞。

我也特別感謝傑出的世界語專家 Axel Rousseau 先生，讓我的角色說出這種美麗的語言。

NON STOP 書系

永遠的梭魚
Barracuda For Ever

作者　巴斯卡・胡特爾
Pascal Ruter
翻譯　林心如
編輯　李潔
封面設計　吳睿哲
內頁編排　張家榕
行銷　劉安綺
發行人　林聖修
出版　啟明出版事業股份有限公司
地址　台北市敦化南路二段 59 號 5 樓
電話　02-2708-8351
傳真　03-516-7251
網站　www.cmp.tw
服務信箱　service@cmp.tw

法律顧問　北辰著作權事務所
印刷　漾格科技股份有限公司
總經銷　紅螞蟻圖書有限公司
地址　台北市內湖區舊宗路二段 121 巷 19 號
電話　02-2795-3656
傳真　02-2795-4100
初版　2018 年 10 月 26 日
ISBN　978-986-96532-5-1
定價　NT$380 HK$110

國家圖書館出版品預行編目（CIP）資料
永遠的梭魚／巴斯卡・胡特爾（Pascal Ruter）作；林心如翻譯 . -- 初版 . -- 臺北市：啟明，2018.10
面；　公分 譯自：Barracuda For Ever ISBN 978-986-96532-5-1（平裝） 876.57 107016033

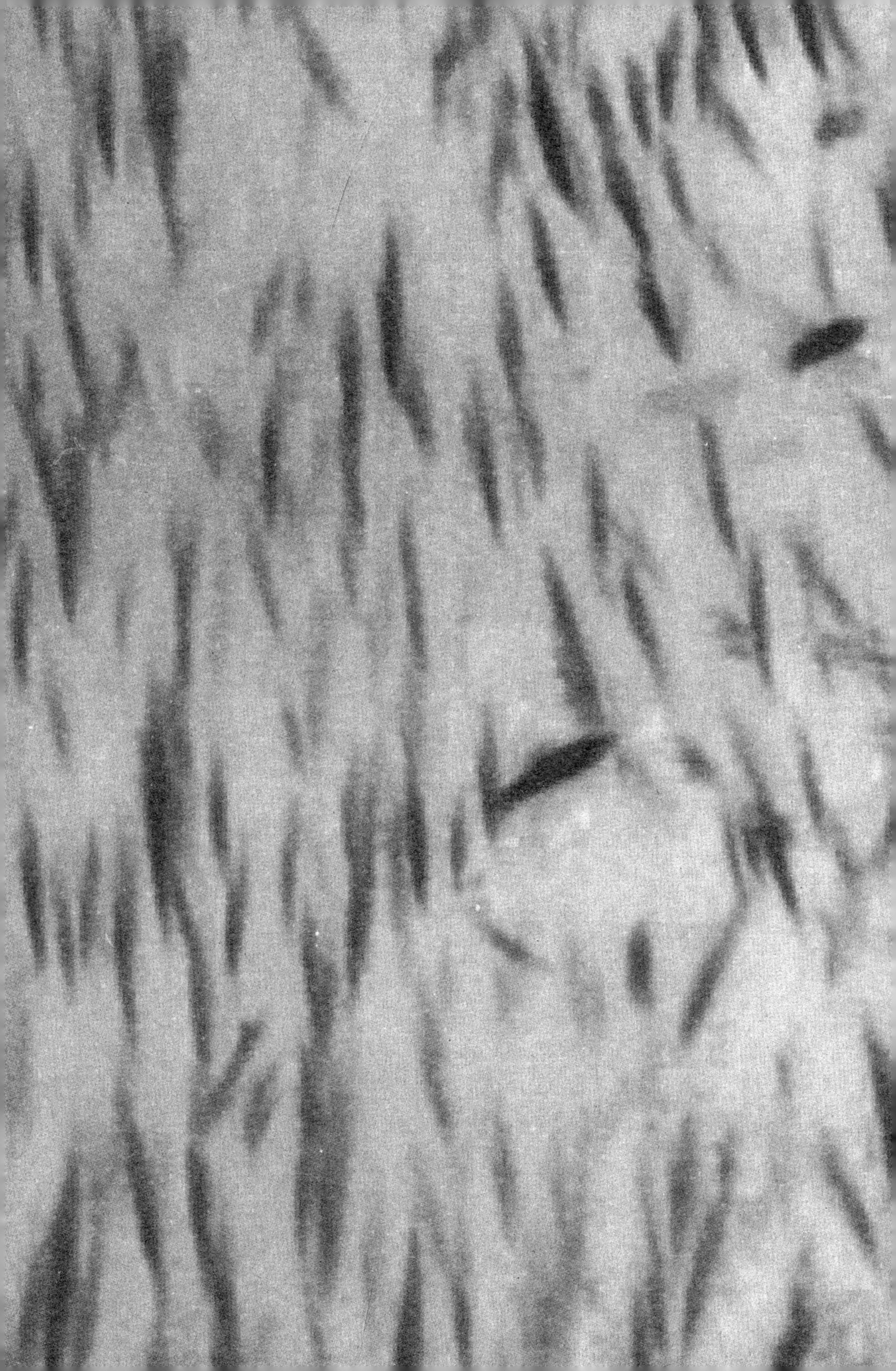

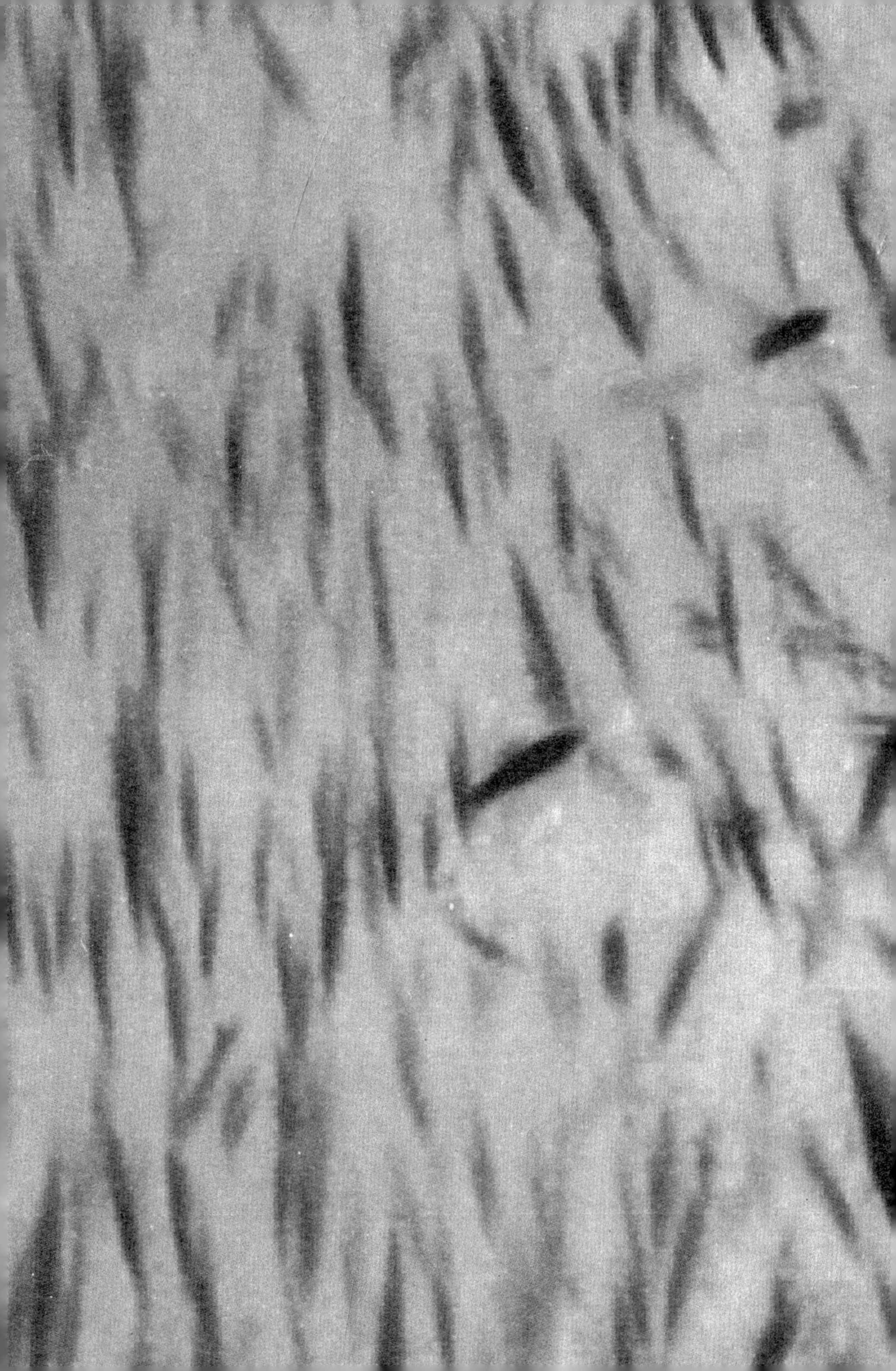